D1858139

Irene Ruttmann

Titus kommt nicht alle Tage

Verlag Friedrich Oetinger, Hamburg

Für meine Tochter Ulrike

Umschlag von Rolf Rettich

© Verlag Friedrich Oetinger, Hamburg 1980
Alle Rechte vorbehalten
Gesamtherstellung: Ebner Ulm
Printed in Germany 1981
ISBN 3 7891 1512 6

Inhalt

Erstes Kapitel

Ein fast zweitausendjähriger Schuh

Die ganzen Winterferien hindurch war nicht die kleinste Schneeflocke vom Himmel gefallen. Kaum aber hatte die Schule wieder angefangen, schneite es. Und zwar richtig.

Sven hätte sich vor Wut die Haare raufen können, statt dessen malte er lauter kleine Schlitten und Schlittschuhe auf den Heftrand. Immer abwechselnd. Wie ein Muster. Oder er starrte aus dem Fenster. Sven war zwölf Jahre alt, ziemlich kräftig, hatte dichte blonde Haare und ein paar Sommersprossen auf der Nase.

Wie gern wäre er jetzt draußen! Die ganze Zeit über hatte er auf den Schnee gewartet, jeden Morgen hatte er sehnsüchtig aus seinem Zimmerfenster im achten Stock geguckt und immer nur Nieselregen gesehen. Jetzt aber, wo die Schule wieder angefangen hatte, jetzt schneite es wie verrückt.

Sven hörte überhaupt nicht zu, was Herr Agricola an der Tafel von der lateinischen Steigerung erzählte. Und auch die andern zweiunddreißig Schüler der Klasse 6a hörten nicht zu, sondern guckten gebannt nach draußen auf die weiße Decke, die immer dicker wurde. Auf den Fensterbrettern, auf dem Turnhallendach, auf den Lehrerautos.

Herr Agricola gab Geschichte und Latein. Passend zu seinem Namen, könnte man denken. Denn »agricola« ist ein lateinisches Wort und heißt »der Landmann«. Er hieß

also eigentlich Herr Bauer. Weil aber vor ein paar hundert Jahren seine Vorfahren ihren Namen ins Lateinische übersetzt hatten, weil es vornehmer klang, hieß seine Familie seitdem Agricola. Mit der Betonung auf dem i. Wer aus dem Namen zuerst »Africola« gemacht hatte, wußte niemand mehr. Jedenfalls nannten ihn alle Schüler so. Mit der Betonung auch auf dem i.
Herr Agricola war nicht mehr ganz jung, nicht mehr ganz schlank und wirkte etwas bedächtig. Und er sah trotz seiner in die Stirn gekämmten dichten grauen Haare nicht wie ein alter Römer aus, sondern eben wie ein älterer Lehrer. Das Wichtigste aber war, daß er Kinder gern hatte. Deshalb betrachtete er ohne Ärger die zweiunddreißig von ihm abgewandten Köpfe und sagte: »Ich glaube, wir machen einen Unterrichtsgang.«
Einen Unterrichtsgang machen bedeutete, daß das Geburtshaus eines berühmten Erfinders, eine Druckerei oder eine Großbäckerei besichtigt wurde. Hauptsache, man lernte etwas dabei. Diesmal, dachte die Klasse 6a, meinte Herr Agricola mit dem »Unterrichtsgang« sicher einen Ausflug in den Schnee oder eine Schneeballschlacht, und brach daher in begeistertes Gebrüll aus. Aber so frei ist ein Lehrer in seinen Entscheidungen nun auch wieder nicht, und deshalb winkte Herr Agricola ab: »Wenn ihr alle feste Schuhe anhabt und warm genug angezogen seid, nehmen wir den nächsten Bus und fahren zum Limes und zum Kastell. Zeit haben wir genug.«
»Da war ich doch schon mal«, maulte laut Andi Ladinger. Er handelte immer ziemlich unüberlegt und sagte alles heraus, ohne vorher nachzudenken. Aber glücklicherweise ging diese vorlaute Bemerkung in der allgemeinen

Unruhe unter: Stühle wurden gerückt, Mappenschlösser schnappten zu, Füße scharrten, alle redeten durcheinander. Die Mehrheit der Klasse war von dem Vorschlag begeistert, denn einmal kamen sie nach draußen in den Schnee, zum andern strolchten sie gern ab und zu auf dem Gelände ums Kastell herum. Sie wußten vielleicht mehr darüber und über den Limes, als im Lexikon steht:

Als die Römer vor rund zweitausend Jahren einen großen Teil Deutschlands, das damals noch Germanien hieß, erobert und besetzt hatten, sicherten sie ihre Grenzen durch einen Wall, vor dem ein Graben lag. Häufig befand sich vor dem Graben noch ein hölzerner Palisadenzaun, oder eine Mauer ersetzte den Wall.

Er war keine Wehranlage, wie etwa die Befestigung einer Burg, sollte aber kleinere Überfälle der Germanen verhindern und den Grenzverkehr kontrollieren helfen. Ziemlich geradlinig, ohne viele Kurven und Biegungen verlief der Wall über Höhenzüge und durch Täler, vom Rhein bei Bonn über den Taunus zum Main, durch Württemberg und ein Stück Bayern bis zur Donau, etwa dort, wo die Altmühl in den Strom mündet.

Das Überraschende aber ist, daß der Limes nach Hunderten von Jahren nicht etwa nur auf historischen Landkarten vorkommt, sondern daß man seinen Lauf noch heute fast überall verfolgen kann. Nicht mehr als Wall erkennbar, aber deutlich sichtbar ist ein Erdwulst, mal einen Meter hoch, mal höher und mal niedriger, der mitten in einem Acker oder neben einer Waldschneise auftaucht.

Hinter dem Limes, manchmal hundert Meter, manchmal einige Kilometer entfernt, hatten die Römer für ihre Sol-

daten befestigte Kastelle angelegt. Von einer ganzen Anzahl sind die Grundmauern bis heute erhalten.
Das Kastell aber, das Herr Agricola mit seiner Klasse besichtigen wollte, war etwas Besonderes und mit irgendwelchen römischen Mauerresten nicht zu vergleichen.
Es war auf den ausgegrabenen Grundmauern wieder aufgebaut worden und lag, nur ein paar Bushaltestellen von der Stadt entfernt, mitten im Wald, fast so wie zu den Zeiten der Römer.

Der Bus fuhr durch die Altstadt, dann an der Gartenfeldsiedlung vorbei, in der Sven und eine ganze Reihe anderer Kinder aus der Klasse wohnten, und war schnell im Wald.
Hier war der Schnee noch schöner als in der Stadt. Er machte alles lautlos. Kaum hörten sie, wie der Bus weiterfuhr, nachdem sie ausgestiegen waren. Eine weiße, unberührte Schneedecke erstreckte sich von der Straße bis zum Kastell, das zwischen den Bäumen herausschaute. Es hatte Zinnen wie eine Burg. Zwischen zwei rechteckigen Tortürmen stand, die Hand mit Feldherrngeste ausgestreckt, die Bronzestatue eines römischen Kaisers.
Andi Ladinger und ein paar andere Jungen rasten mit Juhugebrüll davon und hüpften dann in Zickzacksprüngen durch den Schnee.
»Bleibt hier, bitte«, rief Herr Agricola, »ihr könntet ins Bad fallen!« Das war kein dummer Witz. Denn die Bukkel, die sich vor dem Kastellgraben im Schnee abzeichneten, gehörten zu den Grundmauern einer umfangreichen römischen Badeanlage. Früher konnte man im Sommer darin herumklettern, bis dann eines Tages Verbotsschil-

der aufgestellt worden waren. Jetzt hätte ein falscher Tritt böse Folgen haben können.
Es war kalt. Einige Mädchen standen da mit hochgezogenen Schultern und hauchten in die Hände.
Der Pförtner in seiner Glaskabine wunderte sich: »Eine ganze Schulklasse an so einem kalten Morgen? Heute habt ihr sicher hier alles für euch allein.«
Sie stapelten ihre Mappen im Pförtnerhäuschen an die Wand. Edmund Klöß und Dirk Adelmann interessierten sich gleich für den Automaten mit Kaugummi und Keksrollen. Dann schoben sie sich mit den anderen durch die Pforte in einem der beiden Torbögen.
Vor ihnen lag das Römerkastell im unberührten Schnee. Dicke weiße Hauben bedeckten die Brunnen und die Dächer der rechtwinklig angeordneten Gebäude. Hintereinander gingen sie ein Stück an der Innenseite der Mauer entlang. Etwa hundert Schritte nach rechts. Dann folgten sie dem Innenwall und der Mauer im rechten Winkel nach links, bis sie wieder an ein Doppeltor kamen, das dem Eingangstor ziemlich genau glich.
»Ganze Abteilung halt!« rief Herr Agricola. Er hatte eingesehen, daß er seine Klasse bei diesem Schnee nicht um das ganze Lager wandern lassen konnte. Kein Pfad war gebahnt. »Wenn wir jetzt den kürzesten Weg nehmen, der auf das große Gebäude zuführt«, erklärte er, »laufen wir auf der via principalis, der Querstraße des Lagers, die die beiden Seitentore verbindet. Sie wird in der Mitte gekreuzt von der via praetoria, der Straße des Kommandanten, könnte man übersetzen. Bevor ihr aber alle nasse Füße bekommt, sollten wir uns lieber im Museum umsehen, einverstanden?«

Das Museum war auf den Grundmauern des römischen Getreidespeichers aufgebaut, sah innen aber wie die meisten Museen aus. Schaukästen, Glasvitrinen und an den Wänden Landkarten und vergrößerte Fotografien. Es gab Modelle von Steinschleudern und einer Getreidemühle. Wie immer bildeten sich gleich Grüppchen. Die Andi-Ladinger-Gruppe stürmte sofort auf einen Schrank zu, in dem Speerspitzen, Schwerter, Reiterhelme und die Reste eines Schildes ausgestellt waren. Einige Schüler blieben bei Herrn Agricola stehen und sahen ihn erwartungsvoll an. Das waren diejenigen, die immer erst mal abwarteten, was der Lehrer vorhatte.
Herr Agricola schaute sich zufrieden um: »Hier ist ja alles gut beschildert, und ihr könnt euch selbst umsehen. Achtet mal darauf, daß vieles von dem uralten Handwerkszeug, Äxte, Hämmer, Hobel zum Beispiel, sich bis heute kaum verändert hat. Und dann, schlage ich vor, picken wir uns ein paar Rosinen heraus und sehen sie uns gemeinsam an. Die Mädchen können mit mir schon mal das Küchengeschirr der Römer anschauen.«
Das war eine typische Agricola-Bemerkung, Küchensachen kamen nur für Mädchen in Frage. Selbst wenn sie bei ihm Latein lernten. Dabei hatte es, als in der Schule ein Kochkurs eingerichtet wurde, einen Riesenandrang der Jungen aus den höheren Klassen gegeben. Aber vielleicht hatte Herr Agricola das nicht zur Kenntnis genommen oder wollte es nicht.
Anja Held, die Latein gar nicht mochte, flüsterte ihrer Nachbarin zu: »Für Sachen von früher interessiere ich mich eigentlich überhaupt nicht. Was soll das?« Sie wandte sich gelangweilt ab.

Sven war alles andere als gelangweilt. Er stand etwas abseits und betrachtete fasziniert medizinische Geräte, Spatel und einen länglichen Stein, in den Buchstaben eingegraben waren. Auf dem dazugehörigen Schildchen stand:
Augenarztstempel aus Stein. Der Arzt konnte dem Legionär mit einem Stempel verschiedene Medikamente verordnen. Meist wurden Kräutersalben benutzt.
Da hatte nun einer Augenschmerzen, dachte Sven, und versuchte es mit einer Salbe. Vielleicht sah er auch nur schlecht und hätte eigentlich eine Brille gebraucht ...
Sven war ganz versunken und merkte erst nach einer Weile, daß ganz in der Nähe eine Männerstimme fortwährend wiederholte: »Ja, natürlich, Herr Direktor, selbstverständlich, Herr Direktor, eigentlich ist doch immer jemand da ... Dummerjungenstreich ... merkwürdigerweise dasselbe Schild ... wir werden strenger darauf achten ...«
Sven drehte sich um und sah einen Aufseher am Telefon. Das hing an der Wand neben dem Feuerlöscher, und der Mann wirkte nervös. Sven starrte ihn an.
»Mach den Mund zu und verschwinde«, raunzte der Mann, setzte aber gleich hinzu: »O bitte, Herr Direktor, Sie natürlich nicht, Entschuldigung, o nein, hier steht nur so ein Junge herum.« Dann hielt er die Sprechmuschel zu und sagte wütend: »Na, wird's bald?«
Sven schob sich im Zeitlupentempo weiter.
Die anderen waren inzwischen bei den »Rosinen« angelangt und drängelten sich um einen Glasschrank. Dort hatte man Schuhe so ausgestellt, daß sie von allen Seiten gut zu erkennen waren. Sie schienen aus weichem Leder

zu sein, hatten ein zierliches Lochmuster, und die Sohle war in Längsreihen mit rundköpfigen Nägeln beschlagen. Alles in allem eine Art Mischung aus Ballettschuh, Indianermokassin und Rennschuh für die Aschenbahn. Das Besondere war, daß sie etwa tausendsiebenhundert bis tausendneunhundert Jahre alt sein sollten. Wären sie nicht schwärzlich und etwas verschrumpelt gewesen, man hätte ihnen ihr Alter nicht angesehen.

»Wenn mal ein alter Schuh aus dem Schloßteich gezogen wird«, meinte jemand von hinten, »sieht der nicht weniger vergammelt aus.«

Herr Agricola freute sich: »Da hast du etwas Richtiges gesagt, denn nur durch das Wasser ist das Leder so erstaunlich gut erhalten. Das ist außergewöhnlich selten. Die Schuhe stammen aus einem Brunnen des Kastells, und das Wasser hat sie tief im Boden unter Luftabschluß konserviert. Aber jetzt guckt mal auf den Schrankboden, da ist noch etwas zum Staunen.« Er meinte ein unscheinbares Stück Ziegel, eine Art Ziegelplatte, auf der ein Abdruck deutlich sichtbar war. Bei genauem Hinsehen konnte man eine genagelte Schuhsohle ohne Absatz erkennen, als sei jemand in den feuchten Ton gestolpert.

Herr Agricola sah seine Schüler an. »Wie findet ihr die Vorstellung, daß vor einigen tausend Jahren ein Mensch seine Spuren in diesem Stück Ton hinterlassen hat ...?«

Keiner sagte etwas, einige kicherten. Herr Agricola blieb noch einen Augenblick stehen, wandte sich dann um und sagte: »Nun laßt uns noch einen Blick auf die Grabsteine werfen.«

Zweites Kapitel

Was macht ein Römer im Schnee?

Es schneite immer noch. Der Schnee fiel jetzt so dicht, daß ihre Fußspuren nicht mehr zu sehen waren. Sie waren heute die einzigen Besucher des Römerkastells. Sie gingen ein paar Schritte die via praetoria zurück und zum überdachten Umgang des Mittelgebäudes. Auf den Grabsteinen, die an der Innenwand aufgereiht standen, waren ernste Krieger zu sehen, darunter zentimeterhohe lateinische Buchstaben. Ein Reiter hatte das Pferd hochgerissen und sprengte über seinen Gegner hinweg, der am Boden lag.

»Was steht da drauf?« fragte Andi, der die kleinen Übersetzungstafeln neben jedem Stein noch nicht entdeckt hatte.

Herr Agricola stellte sich davor, lachte und sagte: »Das könnten wir eigentlich selbst übersetzen!«

Ich muß mich ja nicht gerade vordrängen, dachte Sven. Er stand etwas abseits von der Schülergruppe und schob sich jetzt in den Gang außer Sichtweite des Lehrers.

»Dolanus aus Esbenus, ach nee, Sohn des Esbenus, Reiter der vierten Thrakerkohorte ...«, hörte er Andi stottern und dazwischen helfend die Stimme von Herrn Agricola.

Sven mußte an den aufgeregten Museumswärter denken. Was hatte der eigentlich für ein Schild gemeint? Nachdenklich malte er mit der Fußspitze Figuren in den Schnee, während er sich langsam von den anderen entfernte. »... war vierundzwanzig Jahre im Dienst ...«, hörte er noch und trat gedankenverloren in die schmalen Fußspuren, die den Gang entlang und vom Haus wegführten. Sie lagen etwas weiter auseinander als seine Schritte, und er mußte ein bißchen hüpfen, um sie genau zu treffen.

Wer hat denn bei diesem Wetter Rennschuhe an oder so komische Nageldinger wie Spikes? dachte er. Aber plötzlich blieb er wie angewurzelt stehen. Hatte er sich geirrt, oder ähnelte die Spur vor ihm wirklich dem Abdruck des römischen Schuhs aus dem Glasschrank? Aber wie sollte das möglich sein? Sven guckte wieder und wieder auf die schmale Fußspur, die die zugeschneite via principalis kreuzte und auf eine der beiden Mannschaftsbaracken zuführte, die hinter dem Museum nach alten Plänen aufgebaut worden waren. Es gibt zwei Möglichkeiten, überlegte er. Entweder ich gehe zurück und erzähle den anderen, was ich gesehen habe, oder ich versuche allein herauszufinden, was da los ist. Und schon schneite die Spur langsam wieder zu. Sven folgte ihr in großen Sprüngen.

Die beiden Baracken standen so dicht nebeneinander, daß sie eine schmale Gasse bildeten. Die vorgezogenen Dächer wurden von dunkelgebeizten Holzpfosten gestützt, so daß an den Längswänden geschützte Gänge entstanden waren. An jeder Barackenwand befanden sich in gleichmäßigen Abständen etwa neun Türen nebeneinander. Die Fußspur endete vor einer von ihnen. Es war jetzt sehr still. Sven spürte sein Herz klopfen. Ganz leicht drückte er gegen das schwarzgeteerte Holz der Tür. Sie gab nach und schwang wie von selbst nach innen. Sven setzte einen Fuß in den Raum und beugte sich vor.

Ein verstaubtes kleines Fenster ließ nur wenig Licht herein. Die Ecken des Raumes waren vollgestopft mit allerlei Gerümpel. Eine Art Abstellkammer, dachte Sven und erkannte Kisten, einen umgedrehten Gartentisch und einige Parkbänke. »Ist hier jemand?« fragte er laut und fand seine eigene Stimme merkwürdig dünn.
Da entdeckte er sie: Die schmale Fußspur führte quer über den Boden. Jetzt war sie naß und deutlich zu sehen. Sie verschwand hinter einer hohen Kiste. Auf einmal hatte Sven keine Angst mehr. Mit drei schnellen Schritten war er bei der Kiste: Auf dem Boden saß mit angezogenen Knien ein Junge. Er wirkte ganz ruhig und schien auch nicht zu erschrecken, als Sven vor ihm stand. Gelassen blieb er sitzen und sah Sven freundlich an. Och, bloß ein Junge, dachte Sven enttäuscht. Bin ich dafür durch den Schnee gestapft? Aber auf einmal sah er an den Füßen des Jungen die römischen Schuhe. Nicht schwärzlich und verschrumpelt, sondern braun und glatt. Sie wirkten nicht gerade neu, hatten aber auf keinen Fall tausendsiebenhundert oder tausendneunhundert Jahre im Wasser gelegen.
Dann erst entdeckte er, daß die Beine des Jungen nackt waren. Nackt und braun bis zu den Hosen, engen Lederhosen, die die Knie bedeckten. Wie besonders altmodische Bermudashorts. Weiter oben wurde es noch merkwürdiger. Über der Hose hing ein weißer Überwurf in vielen Falten, von einem Gürtel zusammengehalten. Um die Schultern lag ein Umhang, und der war schön. Von zarter grüner Farbe, an den Rändern mit einer goldgelben Borte eingefaßt und auf einer Schulter von einer Spange zusammengerafft.

Aber der Kopf ist ganz normal, dachte Sven. Er hat eine Frisur wie ich in der ersten Klasse, als meine Mutter mir noch selbst die Haare rundherum gleichmäßig abschnitt. Und große dunkle Augen hat er wie Gino, scheint aber älter zu sein, mindestens vierzehn.
Sven war verwirrt. Irgend etwas war merkwürdig. Wurde hier etwa ein Film gedreht? Aber dann hätten sie doch früher etwas merken müssen. In seinem Kopf arbeitete es, und er wußte nicht, was er sagen sollte. Der Junge schien das zu spüren, denn er erhob sich langsam, verbeugte sich leicht und sagte mit klarer Stimme: »Ave.«
Was ist denn jetzt los, dachte Sven. Warum sagt der lateinisch »sei gegrüßt« zu mir und antwortete unwillkürlich laut »Ave«.
Der Junge lachte ihn an und wollte gerade etwas sagen, da war hinter Sven ein Geräusch. Der fuhr herum. Da stand Julia Feyerabend, ein Mädchen aus seiner Klasse, und starrte die beiden neugierig an.
»Wo steckst du denn bloß? Wir suchen dich überall«, sagte das Mädchen mechanisch, ließ aber die Augen nicht von dem fremden Jungen und setzte sofort hinzu: »Wer ist denn das?«
Bevor Sven mit den Schultern zucken konnte, antwortete der Junge schon selbst: »Titus Gaius Lentulus.«
Es klang frisch und munter. Wieder verbeugte er sich ein wenig dabei und sah die beiden freundlich an, als warte er auf etwas.
»Also, ich heiße Sven Altmann, und das ist meine Klassenkameradin Julia Feyerabend«, stellte Sven vor.
Bei dem Namen Julia ging ein Lächeln über das Gesicht des Jungen. Ob er sich wunderte, daß dies aufgeschossene

Wesen mit den kurzen blonden Haaren und den langen Hosen ein Mädchen sein sollte? Dann sagte er, und es klang erleichtert: »Ich bin froh, daß ihr gekommen seid. Ich fürchtete schon, die Sonne würde untergehen und ich bliebe wieder allein. Dann wäre der Tag vorbeigegangen, ohne daß ich ihn genutzt hätte.«
Sven und Julia sahen sich an. Klingt irgendwie steif und altmodisch, dachte Sven. Wie ein Stück aus dem Lateinbuch. Übungen im Konjunktiv.
»Bist du ein Römer?« hörte Sven sich fragen und wunderte sich, daß Julia nicht kicherte oder »spinnst du?« sagte, sondern gespannt auf den Jungen blickte, der sich Titus soundso nannte. Sven setzte noch hinzu: »Bist du immer hier?«
»Ich bin ein römischer Bürger.« Die Antwort klang stolz. »Aber kein Legionär, wie ihr seht. Ich gehöre zum Dorf.«
»Zu welchem Dorf?«
»Zum Dorf vor dem Lager. Wenige Schritte unterhalb des großen Bades, neben dem Rasthaus, in dem die vornehmen Gäste aus Mogontiacum oder sogar aus Rom absteigen, liegt das Haus meines Vaters«, erklärte der Junge fast ein wenig feierlich.
»Aber ...«, Sven fiel die freie Fläche vor dem Kastell ein, auf der sich nur ein paar Mauerreste abzeichneten, »aber da ist doch gar nichts mehr!«
Über das Gesicht des Jungen ging ein Schatten: »Ja, ich weiß. Das alles ist die unselige Wirkung des Laserpiciums und der große Irrtum der Magd.«
Die beiden guckten verdattert. Sie kapierten gar nichts. Doch daß sie sich mit dem Jungen, der sich Titus nannte,

unterhalten konnten und ihn verstanden und er sie, daran fanden sie nichts Ungewöhnliches mehr.
»Was für ein Laserdingsbums«, fragte Sven, »und was für ein Irrtum?«
»Als die schlimme Krankheit mich gefangenhielt, brachte die Magd die Wurzel. Sie hatte sie von ihrem Vater. Der erbte sie von einem Legionär aus Illyrien. Dem gab sie ein anderer. Und der hatte sie von einem, der mit dem großen Caesar in Ägypten gewesen war.« Titus redete jetzt schneller. Er wollte seine Erklärungen loswerden: »Das Laserpicium hat Kraft und Zauber. Aber die Magd gab mir zuviel davon. Und so zog es nicht nur die Krankheit, sondern auch mich ganz hinweg.« Und mit einem Blick auf seine Beine: »Es war Sommer.«
Etwas erschöpft machte er eine Pause. Dann hob er verlegen die Schultern, als genügte ihm die Erklärung selbst nicht ganz, und sagte mit einem Lächeln: »Aber von Zeit zu Zeit gibt es mich wieder frei. Und da bin ich eben.«
Julia faßte sich zuerst: »Sag doch noch mal deinen Namen. Er ist ein bißchen lang für uns, weißt du.«
»Titus ...«, fing der Junge an, unterbrach sich aber und hockte sich auf den Boden. Entlang der Scheuerleiste, wo der Staub am dicksten lag, malte er mit dem Zeigefinger in großen Buchstaben auf die Diele:

TITUS GAIUS LENTULUS

Fast etwas stolz drehte er sich um.
»Ach so, vielen Dank«, sagte Julia, »und wie lange ...«
Aber da hörte man es draußen rufen: »Svehen, Juliaaa, wo seid ihr denn? Der Bus fährt ahab!«
Ohne ein Wort darüber zu verlieren, waren sich die bei-

den einig, daß sie diesen Römerjungen ihrer Klasse verheimlichen wollten. Im Augenblick jedenfalls.
»Wir kommen wieder, bestimmt, ganz bestimmt, genau hierher zurück«, konnten sie ihm gerade noch zurufen, als sie hinausliefen. Sie zogen die Tür hinter sich zu, da bogen schon ein paar Kinder in die Barackengasse ein.
»Warum haust du denn einfach ab? Sollen wir wegen dir eine Stunde an der Haltestelle stehen?« riefen die Kinder durcheinander. »Africola und die anderen sind schon am Ausgang.«
Der Schnee stob auf, als sie alle zurückliefen. Sven konnte feststellen, daß die schmale Fußspur mit dem Nagelmuster längst zugeschneit war. Keiner, außer ihm, hatte sie gesehen.
Natürlich setzten sich Sven und Julia im Bus nebeneinander. Sie redeten kein Wort, hörten aber auch nicht auf das, was um sie herum vorging. Die verschneiten Tannen glitten vorbei. Sie sahen sie nicht.
Als Sven gefragt wurde »Kommst du dann runter? Mit dem Schlitten?« begriff er erst gar nicht, daß er gemeint war. »Weiß noch nicht«, antwortete er so einsilbig, daß die Jungen ihn verwundert ansahen.
Beim Aussteigen fragte Julia leise: »Kommst du zu mir?«
Sven nickte. Dann gingen sie nach Hause, jeder in eine andere Richtung.

Drittes Kapitel

Eine Schrift im Staub

Der Nachmittag brachte Schwierigkeiten. Julia saß in ihrem Zimmer auf der Bettkante und wartete auf Sven. Ihre Freundin Sabine, die im Reihenhaus nebenan wohnte, erzählte ihr gerade zum hundertsten Mal, daß sich wieder mal jemand über sie beschwert hatte, weil sie schon wieder vergessen hatte, eine Nachbarin zu grüßen. »Ich kann mir überhaupt kein einziges Kind vorstellen«, sagte sie empört, »das immer gegrüßt werden will, wenn es mal erwachsen ist. Du vielleicht?«

»Als Kind eben nicht, aber vielleicht als Oma«, sagte Julia einsilbig.

Seit sie mit Sabine Reihenhaus an Reihenhaus wohnte, hatte sie sich noch kein einziges Mal gewünscht, daß Sabine verschwinden möge. Aber jetzt wünschte sie genau das. Sie saß wie auf Kohlen. Jeden Augenblick mußte Sven klingeln.

»Hörst du mir überhaupt zu?« fragte Sabine leicht gereizt.

»Ja, also nein, Entschuldigung, ich bin ein bißchen durcheinander. Da ist nämlich was ...«, stotterte Julia.

»Was denn?« Jetzt war Sabine neugierig.

»Also, weißt du ...« Julia druckste herum. Sie war es gar nicht gewohnt, daß ihr einfach die Worte fehlten.

»Es könnte sein, daß wir Besuch bekommen«, sagte sie schließlich. Ziemlich blöd, dachte sie, aber erst mal ein Anfang.

»Na und?« fragte Sabine verständnislos.
»Kein normaler Besuch, kein so alltäglicher ...«
»Ach, meinst du so etwas wie die Wiener Sängerknaben vielleicht?« half Sabine. »Hatten wir auch schon mal zur Übernachtung.«
»Nein, nicht so.« Julia geriet ins Stottern. »Es hat etwas mit Sven Altmann zu tun und dem Kastell ...«
In dem Augenblick klingelte es. Es war Sven. Als er Sabine sah, guckte er genauso enttäuscht, wie Julia es befürchtet hatte, und sie sagte schnell: »Ich hab nichts erzählt. Aber vielleicht könnten wir Sabine einweihen. Sie kriegt sowieso alles mit, was ich mache.«
Sven zögerte einen Augenblick. »Gut«, sagte er entschlossen, »aber ich finde, dann sollten wir auch Leo holen, *mein* Freund gehört eigentlich dazu.«
Sabine verstand überhaupt nichts. »Aber was ist denn? Verratet doch ein bißchen, nur den Anfangsbuchstaben«, bettelte sie.
»Anfangsbuchstabe!« Sven verdrehte die Augen, holte tief Luft und sagte einfach: »Im Kastell ist ein Römer. Wir haben ihn heute morgen getroffen.«
»Na und?« Sabine war schon wieder mal zu fix.
Können ja auch mal Italiener besichtigen, wollte sie gerade sagen. Aber als sie Svens und Julias bedeutungsvolle Gesichter sah, verschluckte sie es lieber. »Warum guckt ihr denn so? Spinnt ihr? Ein Römer ist ein Römer ...«
»Eben nicht«, sagte Sven. »Unser Römer heißt Titus Gaius Lentulus. Kapierst du jetzt?«
Sabines Augen wurden groß. »Ihr wollt doch nicht etwa sagen ... ein echter ... von früher ... das gibt es doch gar nicht.«

»Das wirst du schon sehen«, sagte Sven entschieden. Aber Sabine fragte spöttisch: »Na, wie sieht er denn aus?«
»Also, römisch eben; viel Falten in der Kleidung, Pagenkopf, und einen wunderschönen Umhang hat er um die Schultern.«
»Da hat sich jemand verkleidet.« Sabine war noch lange nicht überzeugt.
»Und läuft bei der Eiseskälte und im tiefen Schnee mit nackten Beinen herum und mit echten römischen Schuhen, haargenau solchen wie die aus dem Brunnen.« Svens Stimme blieb kühl.
Sabine schwieg. Auf keinen Fall wollte sie riskieren, daß sie von dem Geheimnis und den weiteren Unternehmungen ausgeschlossen wurde.
»Und jetzt hole ich Leo«, sagte Sven und ging.

Leo hieß eigentlich Leonhard und war Svens bester Freund. Er ging nicht in Svens Klasse, sondern in eine, die mit Englisch begonnen hatte. Er wohnte in einem Atriumbungalow, besaß einen Zwerghasen, las am liebsten Abenteuerbücher und hatte außergewöhnlich lange Beine. Es wäre also ein Irrtum, von seinem kurzen Namen mit dem schönen runden O auf einen kurzen, runden Jungen zu schließen.
Leo nahm die Geschichte, die er von Sven erfuhr, auf, als sei sie die selbstverständlichste Sache der Welt und als habe er nur darauf gewartet.
»Endlich passiert mal was«, stellte er fest. Aber als er den komischen Namen Laserpicium hörte, wollte er es genauer wissen. Für ein paar Minuten verschwand er im

Arbeitszimmer seiner Eltern und kam mit einem Buch unter dem Arm zurück. Es hieß »Heil- und Würzpflanzen in Geschichte und Gegenwart«. Mit diesem Buch gingen sie zu Julia, und dann blätterten sie gemeinsam darin. Bald fanden sie, was sie suchten:

Laserpicium, eine Wolfsmilchart. Wurde in der Antike als Küchenkraut und als Heilmittel für verschiedene Krankheiten verwendet. Caesar ließ es in großen Mengen eigens nach Rom einführen. Die wohlriechende afrikanische Art ist ausgestorben.

»Natürlich schreiben die nichts davon, daß die Zauberkräfte hat«, meinte Leo. »Aber immerhin, mit Caesar, das stimmt schon.«

»Und dann eben *ägyptisches Laserpicium*«, sagte Julia feierlich und ließ die beiden Wörter langsam auf der Zunge zergehen, »wie das schon klingt.«

Draußen wurde es dunkel. Der schöne Schneetag ging zu Ende, und die Kinder hatten ihn nicht mit Schlittenfahren oder Schneeballschlachten genutzt. Trotzdem glühten ihre Gesichter, als kämen sie gerade aus der Kälte und müßten sich aufwärmen.

»Morgen, sofort nach der Schule, fahren wir alle vier hinaus«, sagte einer in die Dämmerung, und keiner widersprach.

Am Mittwochnachmittag schien das Kastell nicht so verlassen zu sein wie am Vortag. Auf dem Parkplatz standen zwei Ausflugsbusse, und auf dem ganzen Gelände sah man Leute herumlaufen.

Noch immer lag überall dicker Schnee, nur die via praetoria war freigeschaufelt worden.

An den Baracken umfing sie wieder die Stille. Sabine fröstelte es.
»Frierst du so, oder hast du Angst?« fragte Julia leise.
»Weiß ich selbst nicht«, flüsterte Sabine zurück.
Heute führte keine Fußspur durch die Gasse. Aber zielstrebig ging Sven auf die Tür in der Mitte der einen Baracke zu, drückte auf die Klinke und drehte sich mit einem einladenden Gesichtsausdruck zu den anderen um. Es sollte ganz selbstverständlich wirken, aber so ganz gelang es ihm nicht. Die Tür ließ sich öffnen. Die Kinder schlüpften hinein.
»Titus?« sagte Sven leise in den dämmrigen Raum. Und noch mal: »Titus?« Keine Antwort.
»Wir sind zurück, Sven und Julia, die von gestern.«
Nichts rührte sich. Sven ging vorsichtig durch den Raum auf die Kiste zu, hinter der er den Jungen, der sich Titus nannte, gefunden hatte. Sein Herz schlug bis zum Hals. Er spürte die Blicke von Leo und Sabine in seinem Rükken. Aber die Ecke war leer.
»Na, was ist?« Das war Sabines Stimme.
Ratlos wandte sich Sven zu den anderen um. Julia kamen fast die Tränen vor Enttäuschung, aber sie beherrschte sich und sagte in das betretene Schweigen: »Er kann doch mal weggegangen sein. Woher soll er denn wissen, wann wir kommen?«
»Vielleicht besucht der Herr kurz mal ein römisches Wagenrennen oder das römische Bad«, spottete Leo. Er mußte sich Luft machen.
»Er ist kein Herr«, erklärte Sven ganz ruhig, »sondern ein Junge, ein bißchen älter als wir, und er war hier, und er war sehr froh, daß er uns getroffen hat.«

»Aber jetzt ist er nicht hier. Und in einer halben Stunde machen die zu. Und könnt ihr uns mal verraten, wo wir euer Gespenst dann suchen sollen?« Sabines Stimme klang ziemlich spitz.
»Wenn du sein braungebranntes rundes Gesicht gesehen hättest, dann täte dir das Wort Gespenst leid«, sagte Julia nachdrücklich.
Aber alles Reden änderte nichts daran, daß der Raum leer blieb. Auch hinter der Tischplatte und unter den Parkbänken: nichts. Erst jetzt merkten die Kinder, wie muffig die Luft war und wie die Kälte an ihnen hochkroch.
Gerade wollten sie den Raum verlassen, als Leo durch die Zähne pfiff. »Moment mal«, sagte er und kniete auch schon auf dem Boden. Im Staub konnte man die Buchstaben TITUS GAIUS LENTULUS erkennen.
»Wir Idioten!« Sven griff sich an den Kopf: »Wie wir das vergessen konnten. Da hat er doch seinen Namen hingeschrieben!«
Für den Augenblick spielte es keine Rolle mehr, daß nur der Namenszug, aber nicht Titus selbst da war. Das Stimmungstief war überwunden. Sabine und Leo glaubten jetzt schon eher, daß die beiden ihnen keinen Bären aufgebunden hatten. Vor allem Leo fing wieder Feuer.
»Da steckt irgendein Trick dahinter«, vermutete er. »Das ist immer so. Von jetzt ab müßt ihr euch an jede winzige Einzelheit erinnern. Dann finden wir auch heraus, was erfüllt sein muß, damit er kommt.«
Alle vier waren sich zunächst aber einig, daß für heute warten zwecklos war. Als Sabine schon die Türklinke in der Hand hatte, fiel ihr etwas ein.

»Ich finde«, sagte sie verlegen, weil sie mit diesem Vorschlag nun von ihren Zweifeln abrückte, »ich finde, ihr solltet eure Namen drunterschreiben. Dann kann man sehen, daß ihr hier wart.«
Allerdings sagte sie »man« und nicht »Titus«. Das ließ noch alles offen.
Die Idee war nicht schlecht. Sven und Julia gingen in die Ecke zurück. Und mit einem kleinen Kribbeln im Nacken malten sie SVEN und JULIA in den Staub hinter der Kiste.
Zufällig verließen sie mit einer Besuchergruppe das Kastell, deshalb glaubte Julia, die Lösung schon gefunden zu haben. »Vielleicht waren heute zu viele Leute da«, meinte sie auf der Rückfahrt.
»Eure Klasse ist ja auch nicht gerade klein«, wandte Sabine ein.
»Oder vielleicht dürfen nur Kinder auf dem Gelände sein?«
»Nee, nee, Herrschaften«, sagte Leo. Er fühlte sich nämlich aufgrund reichlicher Lektüre von phantastischen Geschichten sozusagen als Fachmann: »So einfach ist das nicht. Da ist irgendwas mit bestimmten Wörtern oder einer Zahlenkombination. Wir müssen nachdenken, gründlich und bis ins kleinste.«
Dann trennten sie sich.
Noch beim Abendessen grübelte Julia »gründlich und bis ins kleinste«. Hatte es etwas mit der Tageszeit zu tun, oder muß man einen Gegenstand aus dem Museum berühren? überlegte sie und strich sich dabei säuberlich erst Leberwurst, dann Margarine und schließlich noch Quark aufs Brot.

Ihre Mutter war an Merkwürdigkeiten, was den Geschmack ihrer Kinder betraf, gewöhnt. Zum Beispiel an Julias Vorliebe für ein Eis, das lediglich aus Wasser und giftgrüner Farbe bestand. Deshalb erkundigte sie sich nur vorsichtig: »Findest du das gut?«
Julia schüttelte den Kopf.
»Warum machst du es dann?« stieß Tobi sofort nach. Tobi war Julias Bruder und vier Jahre jünger, was ihn störte. Und er merkte es meistens sofort, wenn sie sich blamierte.
»Was denn?« Erst beim Reinbeißen merkte sie, was sie sich auf ihre Schnitte geschmiert hatte, sagte aber geistesgegenwärtig: »Überraschungsbrot!« und: »Kümmere dich lieber um deine Angelegenheiten. Um dein Werken zum Beispiel!«
Damit hatte sie ihn erst einmal mattgesetzt. Denn Tobis Arbeitsmaterial fürs Werken war der Schrecken der Familie. Meistens fiel ihm zwei Minuten vor der Tagesschau ein, daß er am nächsten Morgen irgend etwas Ausgefallenes brauchte. Drei blankpolierte Rundhölzer etwa oder zwanzig schnittfeste portugiesische Korken.
»Ist morgen nicht Donnerstag?« sagte Julia. »Und immer donnerstags, wenn ich nicht irre ...« Sie wollte ihren Bruder aufziehen, verschluckte sich aber beinah und brachte den Satz nicht zu Ende. Blitzartig war ihr ein Gedanke gekommen: Immer donnerstags ... immer dienstags ... Sie stieß den Stuhl zurück und stürmte, drei Stufen auf einmal, die Treppe hinauf in ihr Zimmer. Es zeigte sich mal wieder, wie gut es war, daß sie mit Sabine ein gemeinsames Batterietelefon hatte. Wie verrückt hämmerte sie auf die Gabel: »Du? Ich glaube, ich hab's. Es ist

immer am selben Wochentag. Wir müssen es am Dienstag wieder versuchen!«
»Wie kommst du denn darauf?«
»Wegen Tobis Werken, weil er immer sein Zeug vergißt.« Julia war klar, daß das ziemlich verrückt klang. »Ist ja auch egal. Aber ich hab bestimmt recht, ganz bestimmt. Es war doch sonst nichts Auffälliges da.«
»Kann sein. Wir können es ja ausprobieren. Bis morgen also.« Sabine hörte gar nicht richtig zu und hatte schnell wieder eingehängt. Julia begriff, daß sie einen der Augenblicke erwischt hatte, wo mit Sabine nichts anzufangen war. Vielleicht spielte sich bei ihren älteren Geschwistern gerade etwas Interessantes ab, was sie auf keinen Fall verpassen wollte. Die wird schon sehen, daß ich recht habe, dachte Julia.
Dann ging sie nachdenklich wieder nach unten und versuchte, sich für den Rest des Abends weniger auffällig zu benehmen.

Viertes Kapitel

Von der Zahl sieben, und vom vorsichtigen Umgang mit einem Küchenjungen

In den nächsten Tagen trafen sich die vier, so oft es nur ging. Auf dem Schulhof verzogen sie sich in eine Ecke und steckten die Köpfe zusammen. Es fiel schon auf. In der Klasse 6a schickte prompt ein Witzbold einen Zettel herum, auf dem stand: Sven liebt Julia. Aber die Sticheleien ließen beide völlig kalt. Diese Blödies, dachte Julia nur, als wieder so ein Papierchen bei ihr ankam.
Sie hatten ganz andere Sachen im Kopf. Der Dienstag-Vorschlag blieb der einzige, der von allen akzeptiert wurde. Leo hatte zwar immer wieder neue Ideen, aber die erschienen den anderen so verrückt, daß sie verworfen wurden. Mitten in der Nacht hinausfahren etwa, oder in der Römerbaracke ein Stück aus dem Lateinbuch vorlesen. Die Unsicherheit blieb, und die Kinder hatten Angst, daß sie vielleicht etwas versäumten, wenn sie fast eine ganze Woche vergehen ließen, ohne etwas zu unternehmen.
Inzwischen schlug das Wetter um. Der Schnee taute und hinterließ nur ein paar grau-weiße Häufchen in den Gärten und an den Straßenrändern. Auf dem kleinen Weiher am Rande der Siedlung hatte man nur ganze zwei Tage Schlittschuh laufen können. Jetzt schwamm noch eine dünne Eisplatte auf dem Wasser, und auch die löste sich langsam auf. Die Kinder trugen die Schlitten wieder in die Keller, stopften Schlittschuhe in Plastiktüten und hock-

ten in den Wohnungen herum. Der Winter zeigte sich wieder so, wie man ihn in dieser Gegend gewohnt war, trüb, nieselig und nicht sehr kalt.
Sven und Leo, Julia und Sabine war das allerdings im Augenblick ziemlich gleichgültig. Sie hatten höchstens ein bißchen Sorge, ob ihre Begegnung irgend etwas mit Schnee zu tun hatte.
Am Dienstag machte keiner der vier Schularbeiten. Nicht einen Strich.
»Ich könnte einen Römerzuschlag zum Taschengeld gebrauchen«, alberte Leo, als er seine fünfzig Pfennig für die Eintrittskarte bezahlt hatte. Das Lachen der anderen klang dünn. Sie waren so gespannt, daß sie Vorsichtsmaßregeln außer acht ließen und gleich auf die Mannschaftsbaracken zugingen. Die besondere Stimmung, die über dem verschneiten Kastell gelegen hatte, war verflogen. Der Schnee hatte sich hier oben etwas besser gehalten als im Tal. Aber auch hier kamen braun und schmutziggrün Erde und Wiese zum Vorschein, und in der Gasse zwischen den Baracken mischten sich Schnee und Lehm zu Matsch.
»Dann kommt wenigstens keiner her«, sagte Sabine und dämpfte ihre Stimme.
Am Rand der Gasse, wo der Boden noch fest war, gingen die Kinder hintereinander auf die vertraute Tür zu. Sie ließ sich öffnen wie immer. Und dann war auf einmal alles ganz einfach. Kaum hatten sie die Tür hinter sich zugezogen, stand Titus in seinem Umhang mit dem kühnen Faltenwurf vor ihnen. »Ave«, sagte er und strahlte über das ganze Gesicht. Er schien nicht einmal erstaunt zu sein, daß sie diesmal zu viert waren.

»Ave«, antworteten die Kinder im Chor, als wäre ihnen dieser Gruß selbstverständlich.
»Ich habe gesehen, daß ihr hier gewesen seid.« Titus deutete auf die Schrift im Staub.
»Wir mußten erst herausfinden, daß du dienstags kommst. So ist es doch, oder?« sprudelte Julia hervor.
Das Wort »dienstags« schien Titus nicht zu verstehen. Er stutzte einen Moment und erklärte dann: »Sieben Tage müssen es sein, am siebenten Tag kehre ich zurück.« Dabei streckte er nachdrücklich vier Finger in die Luft, von jeder Hand zwei.
»Warum zeigt er vier Finger, wenn er sieben meint?« fragte Sabine Julia verwirrt.
Die verfolgte mit zusammengekniffenen Augen die Finger von Titus: »Siehst du denn nicht? Er macht mit zwei Fingern ein V und mit den beiden anderen zwei Einzelstriche, das ist eine römische Sieben!«
»Toll!« Sabine war beeindruckt.
»Immer regiert die Sieben«, setzte Titus hinzu, »wenn die Wurzel mich freigibt. Sieben nebeneinander, sieben untereinander, sieben einmal, zweimal, dreimal. Sieben, sieben, sieben! Trotzdem verstehe ich es nicht!« rief er achselzuckend und ließ die Arme sinken.
»Macht ja nichts«, sagte Leo, »jetzt scheint es ja zu klappen. Sag mal, wie alt bist du eigentlich?« Ganz abgesehen von den zweitausendoderso Jahren, dachte er bei sich.
»Zweimal sieben.« Titus grinste.
»Da bist du ja der älteste von uns«, stellte Leo fest. Das klang so einfach, aber sie mußten doch lachen, als ihnen die zweitausendoderso Jahre einfielen.
Titus lachte mit. Aber so ganz schien er den Witz wohl

doch nicht zu begreifen. Mit einem verwunderten Blick zuerst auf Julias Jeans, dann auf ihr kurzes blondes Haar sagte er: »Du heißt Julia, bist also ein Mädchen. Aber Römer seid ihr nicht?« Und mit einem gespannten Unterton in der Stimme, so, als sei er plötzlich auf der Hut: »Ihr seid Germanen, nicht wahr? Chatten?«
Die vier blickten sich fragend an.
»Die Chatten waren die germanischen Stämme, die zur Römerzeit hier lebten«, murmelte Sven. Und auch die anderen hatten schon mal so etwas gehört. Aber was sie selbst mit den Chatten zu tun haben sollten, wußten sie nicht. Julias Vater kam von der Ostsee und ihre Mutter aus Sachsen, Sabines Familie stammte aus dem Allgäu, Sven vom Rhein, und nur Leos Eltern waren schon hier in der Gegend aufgewachsen.
»Also weißt du, die Germanen und die Römer ...« Leo versuchte zu erklären, blieb aber dann hängen. Es schien doch komplizierter zu sein, als er gedacht hatte. »Genau läßt sich das alles gar nicht mehr feststellen. Es ist schon so lange her ...« Er bekam wieder Boden unter die Füße und holte tief Luft: »Das ist jetzt alles ganz anders. Römer und Germanen, die haben andere Namen, und viele haben sich auch vermischt. Die meisten Römer leben zwar in Italien, aber jedenfalls sind wir alle Freunde!« schloß er mit Nachdruck und machte eine abschließende Armbewegung.
»Aber das Dorf, es ist zerstört ...«, sagte Titus leise.
»Natürlich sind auch Kämpfe gewesen und Kriege«, sagte Leo. »Naturkatastrophen hat es sicherlich auch gegeben. Aber das Dorf, das stand ja vor unheimlich langer Zeit, vor fast zweitausend Jahren. Und Wald ist darüberge-

wachsen und wieder abgeholzt worden, und ... dann hat man das alles hier gefunden und das Kastell wieder aufgebaut.«
Titus schwieg. Er schien betroffen zu sein. Er zog seinen schönen grünen Umhang über der Brust zusammen, als ob es ihn fröstle. Er wirkte jetzt sehr einsam. Sven ging auf ihn zu und legte ihm die Hand leicht auf die Schulter. Er hätte ihm gern etwas Freundliches gesagt, aber ihm fiel nichts ein. Deshalb sagte er nur: »Das ist übrigens Leo, mein Freund.«
Da lächelte Titus wieder und sagte belustigt, während er Leo von oben bis unten betrachtete: »Leo, der Löwe.«
Die Mädchen kicherten, darauf waren sie noch gar nicht gekommen. Jetzt wollte auch Julia ihre Freundin vorstellen und sagte: »Das ist Sabine, meine Freundin.«
Titus wurde noch vergnügter und wiederholte mit einer kleinen Verbeugung: »Sabina«, als wäre ihm auch dieser Name bekannt.
»Wie findest du eigentlich das Kastell?« fragte jetzt Sven, während sie sich alle auf den Boden hockten. »Ist das Kastell so wie früher?«
»Einerseits war manches anders.« Titus hatte sich auf die Lehne der umgekippten Parkbank geschwungen und genoß es, als Fachmann befragt zu werden. »Andererseits ist es genauso. Als die Kohorte hier lebte, gab es mehr Häuser für die Soldaten ...«, aber dann fiel ihm etwas ein: »Von den Stangen aus Eisen wissen sie überhaupt nichts. Immer wieder stellen sie das dumme Schild davor!«
»Ich hab mir schon gedacht, daß du etwas damit zu tun

hast!« Sven sprang auf. Ihm fiel der aufgeregte Aufseher wieder ein. Die drei anderen guckten verdutzt.
»Im Vorratsspeicher, in dem jetzt gar keine Vorräte mehr sind, nur viele alte Sachen von uns«, fuhr Titus fort, »stehen die eisernen Stangen und Pfähle der großen Feuerstelle. Ich kenne sie genau. Sie wurden gebraucht, wenn ein Fest gefeiert wurde. Mein Vater war Wirt und Koch im Rasthaus, und ich habe geholfen, den Spieß zu drehen, bis der Ochse knusprig war. Aber sie wissen es nicht und schreiben VERWENDUNG UNBEKANNT auf das Schild.« Titus schüttelte mitleidig über so viel Unverstand den Kopf.
»Und du hast es immer wieder weggenommen?« Sven staunte.
»Und zerrissen und umgeworfen und auf eine Speerspitze gesteckt.« Titus lachte. »Ich habe mich darüber geärgert!«
»Man müßte es denen sagen«, überlegte Leo laut, »die würden staunen!«
»O Mann!« Julia verdrehte die Augen. »Du kannst ja hingehen und sagen: ›Guten Tag, Herr Direktor, mein Name ist Leo Scharnitz, und ich muß Sie über die Eisenstangen aufklären. Mir hat mein Freund Titus Gaius Lentulus aus dem Kohortendorf nämlich erklärt, daß er sie immer zum Ochsenbraten benutzt hat.‹«
Alle kicherten. Nur Titus schien nicht zu verstehen, was daran komisch sein sollte.
Julia sagte schnell: »Wir wissen vieles von euch nicht so genau. Ich dachte, die Römer sind immer in einer langen weißen Toga herumgelaufen, so um den Körper gewikkelt.«

Aber Titus lachte. »Immer in der Toga, das wäre zu unbequem. Sie ist nur für die Festtage. Am liebsten würde ich nur die Tunika tragen«, und er fuhr mit der Hand über das in der Taille zusammengeraffte Hemd aus Wollstoff. »Aber hier ist es meist zu kalt. Deshalb haben wir uns Lederhosen machen lassen wie die Soldaten. Das Sagum ...«, er hob die Arme unter dem grünen Umhang und sah auf den schimmernden Stoff hinunter, »das ist aus Rom. Der Praefectus hat es sich kommen lassen, und dann war es ihm zu klein. Da hat er es mir geschenkt. Wegen meiner Schwester ...«, setzte er leise hinzu. Dann, als ob er solche Erinnerungen abschütteln wollte, sagte er rasch: »Hier oben gibt es keine Regeln für die Kleidung, und die Spange ...«, er faßte an seine Schulter.
»O ja, zeig mal.« Julia war dichter an Titus herangetreten und wollte seine Hand etwas wegschieben, um nach der Brosche zu greifen. Im gleichen Augenblick stieß sie einen entsetzten Schrei aus. Ihre Hand faßte ins Leere. Titus war verschwunden.
Für einen Augenblick stand Julia, den Arm ausgestreckt, wie der römische Kaiser am Eingang des Kastells. Starr. Sekundenlang war es totenstill in dem dämmrigen Raum. Sven faßte sich als erster.
»Was hast du bloß gemacht?« fragte er mit tonloser Stimme.
»Nichts, gar nichts.« Julia schossen die Tränen in die Augen.
»Du hast ihn angefaßt!«
»Du hast ihn vorhin auch angefaßt, an der Schulter.«
Sabine schüttelte sich: »Ich hab Angst.«

»Ach was!« Leo versuchte, seiner Stimme Festigkeit zu geben. »Da ist irgendwas schiefgelaufen.«
»Schiefgelaufen nennst du das«, schnaubte Sven empört. »Ihr seid überhaupt viel zu aufdringlich, das ist es.«
Kläglich und betreten standen die vier da. Sie wußten nicht, was sie jetzt machen sollten. Sabine ging schon zur Tür, als wie aus dem Boden gewachsen Titus wieder auftauchte. »Bitte, bleibt hier«, sagte er.
»Also weißt du, das ist vielleicht ein Spiel!« Leo schnappte nach Luft.
»Es ist kein Spiel«, sagte Titus ernst, und es schien, als müsse er sich beim Sprechen anstrengen. »Das ist so: Einerseits bin ich hier, aber andererseits dürft ihr meine Hände nicht drücken, vor allem nicht so fest. Sonst zieht es mich hinweg.«
Julia war käseweiß. »Entschuldigung«, murmelte sie, »mir ist schlecht.«
»Das konntest du doch nicht wissen.« Titus sah sie mitleidig an. »Aber halt einmal deine Hände auf!«
Julia rührte sich nicht, und mit ihren Händen wollte sie schon gar nichts machen. Titus nestelte an seiner Tunika. Als Julia endlich doch ihre Hände vorstreckte, warf er einen kleinen Gegenstand hinein. Eine Münze.
»Für den Schrecken«, sagte Titus mit seinem freundlichen Lächeln. »Mein Kaiser ist darauf. Er steht auch draußen am Tor.«
Julia wagte es kaum, die Münze richtig anzusehen. Sie stotterte: »O danke, vielen Dank!«
Ihnen allen saß der Schrecken noch in den Gliedern. Deshalb sagte Sven vorsichtig: »Ich glaub, wir müssen jetzt gehen. Bevor es dunkel wird.«

Auch Titus schien müde und erschöpft.
»Aber in sieben Tagen kommen wir zurück, und du auch, ganz bestimmt, ja?«
Titus nickte heftig und winkte ihnen nach, als die vier sich zögernd aus der Tür schoben.
»Ganz schön kompliziert«, stöhnte Leo auf dem Weg zum Ausgang. »Der siebente Tag muß es sein, den Stoff darfst du berühren, aber die Hand nicht.«
»Sei still!« fuhr Sven ihn an. »Wenn dich jemand hört!«
Am Tor sahen sie zu dem bronzenen Standbild auf:

IMPERATOR ANTONINUS PIUS

stand auf dem Sockel.
Sie bildeten einen so engen Kreis, daß zwischen ihren Rücken niemand hätte hindurchsehen können, und Julia zog die kleine Münze aus der Tasche. Sie zeigte das Profil eines Mannes mit Pagenfrisur, wie Titus sie hatte, aber mit einem Lorbeerkranz geschmückt. Um den Rand lief die Inschrift: ANTONINUS PIUS CAESAR.
»Mensch, die ist von Caesar!« rief Sabine begeistert.
»Quatsch, Caesar heißt Kaiser, ganz allgemein.«
»*Mein* Kaiser, hat er gesagt. Jetzt können wir nachschlagen, wann er gelebt hat.«
»Laß uns doch schnell zu Schuchs gehen«, schlug Julia vor. »Wir brauchen was Spezielles, und die Bücherei ist ja schon geschlossen.«

Titus und nur Titus spukte jetzt in ihren Köpfen herum. Schuchs Buchhandlung war herrlich verwinkelt. Wer wollte, konnte in Ruhe ein Buch durchblättern, ohne daß jemand gleich zum Kauf gedrängt hätte.

Leo wurde vorgeschickt.
»Dürfen wir wohl bitte ausnahmsweise in ein Lexikon über das alte Rom gucken? Wir müssen für morgen eine Arbeit machen«, sagte Leo bittend. Sie durften und stürzten sich mit solchem Feuereifer auf den Band, daß der nette Buchhändler mit den dicken Brillengläsern über so viel Wissensdurst um sechs Uhr abends staunte.
Titus Aurelius Antoninus Pius, lasen die Kinder. *Regierte von 138 bis 161 nach Christus. Kümmerte sich um Rechtsprechung, Bildungswesen und Armenpflege. Erhielt wegen seiner Milde den Beinamen der Gütige.*
»Da hat er aber Glück gehabt.«
»Wer?«
»Na Titus, mit so einem milden Kaiser.«
»Davon wird er nicht viel gemerkt haben hier oben, so weit von Rom.«
»Aber wartet mal«, sagte Julia, »wenn wir so etwa das Jahr 150 annehmen, dann war Caesar ungefähr zweihundert Jahre tot, als Titus lebte. Denn der wurde 44 vor Christus ermordet. Haben wir gerade gehabt«, setzte sie hinzu, weil Leo sie etwas spöttisch ansah.
»Dann ist es noch nicht mal volle zweitausend Jahre her«, überlegte Sven laut, »bloß rund tausendachthundert.«
»Eigentlich gar nicht so lange«, sagte Leo grinsend.
»Einerseits hast du recht, andererseits nicht!« sagten die drei anderen fast im Chor, genauso, wie sie es von Titus gehört hatten. Und alle vier mußten lachen.

Fünftes Kapitel

Schwierigkeiten mit einer Kaisermünze

Hätte Julia geahnt, wieviel Aufregung die Münze bringen würde, hätte sie sie bestimmt zu Hause gelassen. Im allgemeinen überlegte sich Julia vorher, was sie machte. Eher zuviel als zu wenig. Morgens brauchte sie immer endlos, ehe sie sich entscheiden konnte, was sie anziehen sollte. Denn T-shirt oder Polobluse könnten zu dünn sein, der Rolli aber zu dick.

Als sie aber die Münze mit in die Schule nahm, hatte sie nur daran gedacht, wie Betty sie beneiden würde, und an nichts mehr. Ihre Tischnachbarin Betty Beier hatte immer das Allerneueste. Waren nachgemachte Rasierklingen Mode, baumelte prompt eine an Bettys Hals. Trug man eine freundliche Stoffraupe irgendwo aufgenäht, lachte einem von Bettys Knie eine entgegen. Betty war nicht einmal besonders beeindruckt, als Julia ihr in der kleinen Pause die Münze zeigte.

»Münzen interessieren mich zwar nicht besonders«, sagte sie, »aber die ist wirklich hübsch. Mach doch ein Loch rein und häng sie dir um den Hals.« Dabei schob sie das kleine Ding auf der Tischplatte hin und her, um es ins richtige Licht zu rücken. Ausgerechnet in diesem Augenblick schlenderte Herr Agricola vorbei, in der einen Hand sein Butterbrot und in der anderen einen Apfelschnitz.

»Zeig doch mal her«, sagte er interessiert, steckte den Apfelschnitz in den Mund, nahm die Münze in die Hand und hätte sich vor Überraschung beinah verschluckt. Er verstand etwas von alten Münzen, und was er sah, verwirrte ihn. Es war kein Schmuckstück, wie er zuerst gedacht hatte, sondern schien tatsächlich eine römische Münze zu sein. Aber er konnte sich nicht vorstellen, wie sie in Julias Besitz gekommen war. Und deshalb meinte er, es müsse doch eine gute Nachahmung sein. Da sie jedoch wie gebraucht aussah, wußte er überhaupt nicht mehr, was er denken sollte. »Hat hier jemand etwas von Loch-rein-Machen gesagt? In so eine Münze macht man doch kein Loch!« sagte er aufgeregt. »Woher hast du die?« fragte er Betty.

»Die gehört Julia«, antwortete Betty und war unsicher, ob sich das als Vor- oder Nachteil herausstellen würde. Julia war feuerrot geworden und brachte keinen Ton heraus.

»Sammelt bei euch jemand Münzen?« fragte Herr Agricola.

»Nein, nicht direkt«, stotterte Julia.

»Und woher hast du sie?«

»Von einem ... Bekannten«, sagte Julia leise und als sei sie gerade bei etwas Verbotenem erwischt worden.

Herr Agricola überlegte, ob in Julias Familie die römischen Münzen einfach so herumlagen. Er hatte Julia noch nie so verwirrt erlebt, und für einen Moment schoß ihm ein Gedanke durch den Kopf, den er aber gleich wieder verwarf. Die Vitrinen im Kastell waren doch wohl verschlossen und gesichert gewesen?

»Na, dann ...«, sagte er abschließend, als es klingelte, und legte die kleine Münze zögernd in Julias Hand zurück, als trenne er sich nur ungern von ihr.

In der folgenden Stunde hoffte Julia inständig, ihr Lehrer

würde nicht mehr an die Münze denken. Aber er tat es. Nach Schulschluß winkte er sie heran. »Ich habe Julia gemeint, ihr andern könnt ruhig gehen«, sagte er zu den Kindern, die aus Neugier auch stehengeblieben waren. Wenn er jetzt noch mal fragt, fange ich an zu heulen, dachte Julia. Aber Herr Agricola ließ sich die Münze nur noch einmal zeigen, drehte sie hin und her, hielt sie gegen das Licht und sagte: »Verlier sie bloß nicht, die sieht wirklich aus, als wäre sie echt.«

Am Abend dachte Julia kaum noch an die Münze. Gleich nach der Schule hatte sie den lorbeergeschmückten Kaiser in Seidenpapier gewickelt und in eine besonders hübsche Dose gelegt. Die Dose hatte sie in einem Wandschrank ganz nach hinten geschoben. Das machte Julia immer so mit Dingen, an die sie eine Weile nicht mehr denken wollte, zum Beispiel mit Büchern, in denen gruselige oder auch traurige Dinge standen. Die mußten erst einmal verschwinden, ehe Julia sich später wieder damit beschäftigte. Wenn sie genügend Abstand dazu hatte.
Der Trick hatte auch diesmal gewirkt. Julia war nach unten ins Wohnzimmer gegangen und hatte sich ans Klavier gesetzt. Herr Krämer war auf die Klavierlampe geflogen, wie er das immer machte, wenn Julia spielte. Herr Krämer war ein Wellensittich, und sein Name beruhte auf einem Mißverständnis. Er war zwei Jahre alt und an einem frühen Samstagmorgen gebracht worden, während Julias Vater beim neuen Bäcker frische Brötchen holte. Dann hatten alle am Frühstückstisch gesessen, Julia hatte gesagt: »Die Brötchen sind gut«, und Tobi hatte gefragt: »Wie heißt er eigentlich?« und den Vogel gemeint. Julias

Vater aber hatte an den neuen Bäcker gedacht und geantwortet: »Krämer.« Dabei war es dann geblieben.
Julia klimperte also gerade auf dem Klavier, da kam ihr Vater ins Wohnzimmer und fiel gleich mit der Tür ins Haus. »Seit wann sammelst du eigentlich Münzen? Ich hab gehört, du hättest eine erlesene kleine Sammlung aus der römischen Kaiserzeit.«
Julia war völlig verdattert. »Wieso?« fragte sie erschrokken.
Herr Feyerabend war Journalist und liebte witzige Formulierungen. Seine Frau hatte ihm zwar schon oft erklärt, daß Kinder keine Ironie verstehen, aber er konnte es nicht lassen. Meistens belebte er damit ja auch den Familienalltag. Als er jetzt aber das entsetzte Gesicht seiner Tochter sah, änderte er seinen Ton sofort.
»Ich hab's ja nicht so gemeint. Ich hab nur heute nachmittag mit Herrn Agricola telefoniert, wegen der nächsten Elternbeiratssitzung. Und er hat mir was von einer Münze erzählt, die du ihm gezeigt hast. Er hält sie für römisch. Wo hast du denn die her?«
Julia zögerte einen Augenblick, lief dann aber entschlossen nach oben und holte die Dose mit der Kaisermünze.
»Wir haben sie aus dem Wald beim Kastell. Natürlich nicht geklaut, Papa. Sabine und der Sven aus meiner Klasse und sein Freund Leo waren auch dabei. Sie gehört uns gemeinsam.«
Julias Vater drehte das kleine Ding hin und her. »Sehr hübsch. Daß man so etwas immer noch findet ...«
»Warum nicht?« Julias Mutter war dazu gekommen. »Erinnerst du dich, als sie an der Nidda die Nordweststadt gebaut haben, sind die Leute nachts in die Baugru-

ben gestiegen und haben die römischen Öllämpchen herausgeholt. Ist da oben eine Baustelle?«
»Weiß ich nicht. Ich glaube, an dem Restaurant unterhalb vom Kastell wird gebaut. Aber dort sind wir gar nicht gewesen.«
»Ich nehm sie mal mit, wenn es dir recht ist«, schlug Julias Vater vor. »Ein Kollege von uns versteht was davon.«
Damit war das Thema vorläufig erledigt. Julia allerdings fühlte sich überhaupt nicht wohl. Sie hatte sonst keine Geheimnisse vor ihren Eltern. Aber das mit Titus, das würde kein Erwachsener begreifen.
Den anderen mußte sie natürlich auch noch beichten, was sie mit ihrer Angeberei angerichtet hatte. Aber die fanden das alles nicht so schlimm.
Doch am Abend hingen sie alle miteinander so lange vor Feyerabends Haustür herum, bis Julias Vater nach Hause kam. Sie sahen ihn erwartungsvoll an.
»Also mit eurer Münze, das ist eine ganz merkwürdige Sache«, sagte der. »Um ganz sicherzugehen, müßte man sie chemisch untersuchen lassen, meint mein Kollege. Aber er hält sie für echt. Das Seltsame dabei ist eben, daß sie überhaupt nicht aussieht, als hätte sie in der Erde gelegen, sondern als wäre sie bis jetzt benutzt worden. Es bleibt ein Rätsel.« Kopfschüttelnd gab er Julia die Münze zurück.
Glücklicherweise hörte er nicht mehr, daß Sabine sagte: »Bis jetzt benutzt, ist gut. Er hat sie ja immer in der Hosentasche gehabt!«

Abgesehen von der Münzgeschichte passierte in den Hoch- und Reihenhäusern, Atriumbungalows und Klassenzimmern in den nächsten Tagen nichts Besonderes. Es sei denn, man wollte Svens plötzliches Interesse für Gino Romanello als etwas Besonderes ansehen. Die Romanellos wohnten zwei Stockwerke unter Sven und waren, wie der Name vermuten läßt, Italiener. Von den anderen Bewohnern des Hochhauses unterschieden sie sich für Sven bisher eigentlich nur dadurch, daß es an ihrer Wohnungstür abends anders roch. Besser, fand Sven. Da stiegen einem keine Rinderbraten- oder Jägersoßengerüche in die Nase, sondern köstliche Düfte von Gewürzen und Olivenöl. Zu den Romanellos gehörten Vater und Mutter, Gino, zehn Jahre alt, die fünfjährige Rosaria und eine kleine, runde Oma. Gino ging in die vierte Klasse und war froh, daß er Deutsch und Italienisch gut auseinanderhalten konnte. Gar nicht so einfach, da zu Hause meistens Italienisch gesprochen wurde. Es war nicht etwa so, daß Sven und Gino oft miteinander redeten oder gar spielten. Sie sagten freundlich »na« zueinander, wenn sie sich im Fahrstuhl oder im Bus trafen, oder dribbelten mal mit dem Fußball herum, wenn es sich ergab. Das war aber auch alles. Als eng konnte man die Beziehungen von Sven zu Gino Romanello also beim besten Willen nicht bezeichnen. Aber seit er Titus kannte, sah er Gino mit anderen Augen.

Es kam ihm vor, als wären der Junge aus dem sechsten Stock und der Junge aus dem Kastell sich auf eine merkwürdige Weise ähnlich. Nicht nur die dunklen Augen und die bräunliche Haut, sondern auch die Art, sich zu bewegen. Wie bei Geschwistern. Es war schwer zu beschreiben. Und weil es noch ein paar lange Tage dauern würde, ehe er Titus wiedersah, wollte Sven wenigstens in Ginos

Nähe sein. Bei einer günstigen Gelegenheit quetschte er sich im Bus neben ihn und fragte: »Hast du gestern im Fernsehen Fußball gesehen?«
Gino hatte nicht und antwortete nur einsilbig: »Nö.«
Sven überlegte, wie er das Gespräch in Gang halten könnte, da fiel ihm eine andere Frage ein: »Wo bist du eigentlich geboren?«
Jetzt wurde Gino munter. »In Roma«, antwortete er mit rollendem R, »mein Papa, meine Mama, meine Oma, Rosaria und ich, wir sind alle in Roma geboren. Ist besser als in ein kleines Dorf, was?«
Gibt ganz schön an, dachte Sven, der in einem rheinischen Dorf geboren war, und verbesserte: »In einem kleinen Dorf.« Und schlagartig und zum allererstenmal wurde ihm klar, daß Gino und der Herr Romanello und der freundliche Italiener an der Tankstelle etwas mit den Römern zu tun haben könnten, deren zweitausendjährige Hinterlassenschaft sie oben im Kastell bewunderten. Stammen ja sozusagen von denen ab, dachte Sven.
»Da muß doch noch viel zu sehen sein von den Römern, aus dem alten Rom, meine ich«, sagte Sven und versuchte irgendwie an die Zeit des Antoninus Pius heranzukommen.
»Na klar, Ruinen sind überall, und das Colosseum und so Säulen ...« Gino wedelte mit der Hand in der Luft und beendete den Satz nicht. Ein zehnjähriger Römer, der in der Gartenfeldsiedlung lebte und in Deutschland zur Schule ging, war mit solchen Fragen entschieden überfordert! Sven erkannte in Ginos Andeutungen höchstens das Rom seiner Asterix-Hefte wieder und sagte: »Liest du eigentlich Asterix?«

Er bereute die Frage aber im gleichen Augenblick, weil die Römer da bekanntlich schlecht wegkommen.
»Ja, ich hab selbst welche.« Gino schien keineswegs gekränkt zu sein, daß die alten Römer so veralbert wurden.
»Wir könnten ja mal tauschen«, rief Sven, während er sich schon zum Ausstieg drängte.

Sechstes Kapitel

Anorak oder Tunika

Als Julia und Sabine, Sven und Leo am Dienstag hinausfuhren, troff der Wald vor Nässe. Die Feuchtigkeit drang durch ihre Mäntel und Anoraks, und Julia sagte: »Genau das Wetter, bei dem man keinen Hund hinausjagt.«
Der Pförtner sah die vier Kinder verwundert an, die ihm ihre Fünfzigpfennigstücke hinschoben.
Leo meinte auch etwas wie Mißtrauen in seinem Gesicht zu lesen und tönte sofort los: »Ich übernehme also die Inschriften auf den Grabsteinen, das gibt schon mal ein paar Seiten!« Und das in einer Lautstärke, daß Sven dachte, ihm platze das Trommelfell. Aber er kapierte und rief ebenfalls laut: »O. k. Und wir tauschen dann aus. Ich geh zu den Münzen!«
Jetzt mußte ja der Pförtner davon überzeugt sein, daß diese Kinder Wind und Wetter nicht scheuten, um eine Hausarbeit über die Römer zu schreiben. Sie hatten jedenfalls ihr möglichstes getan, meinten sie, ihn erst gar nicht auf andere Gedanken kommen zu lassen.
Wieder war bei den Baracken kein Mensch.
»Komisch, ich hab überhaupt kein Herzklopfen«, flüsterte Julia.
»Aber du flüsterst«, antwortete Sabine laut, konnte aber selbst ihre Spannung kaum verbergen.
Ohne rechts und links zu gucken, steuerten die vier auf die vertraute Tür zu und schlüpften in die Baracke. Sie streiften die Kapuzen ab und sahen sich aufatmend um.

Der Raum war leer. »Wo steckt er denn nun wieder?« Das war Leos forsche Stimme.
»Warte doch ab«, sagte Sven.
»Aber Dienstag stimmt doch. Wenn man am Tag, nachdem er da war, anfängt zu zählen, ist Dienstag wieder der siebente Tag«, sagte Julia nach kurzem Nachdenken.
»Oder ...«, Sabine wagte es kaum auszusprechen, »oder hat er vielleicht andere Kinder getroffen?«
Leo schüttelte heftig den Kopf. Daran wollten sie gar nicht erst denken.
Sie standen unschlüssig herum und froren.
»Hier ist es kälter als draußen. Laß uns doch erst mal rausgehen und ein bißchen rumlaufen«, schlug Sven vor.
Leo knallte die Tür zu und versetzte ihr auch noch einen wütenden Tritt.
»Bist du verrückt, wenn das jemand hört!« schimpfte Sven, und »Siehst du!« setzte er nach einer Schrecksekunde schluckend hinzu.
Hinter ihrem Rücken, in der gegenüberliegenden Barakke, hämmerte jemand von innen ans Fenster. Ihnen stockte der Atem.
Jetzt ist alles aus, dachten sie. Jetzt wird es gleich heißen, was treibt ihr euch hier herum, und wir fliegen raus. Sie drehten sich um. Aus einem Rahmen von Staub und Schmutz lachte ihnen Titus' rundes Gesicht entgegen. Er machte ihnen eindringliche Zeichen.
Sie stürzten zur Tür und fielen beinah gleichzeitig in den Raum hinein. Titus stand in der Mitte und fuchtelte aufgeregt mit den Händen herum. »Ihr habt eben nicht aufgepaßt, ich habe euch doch Zeichen gemacht!«

Dann trat er einen Schritt zurück und machte eine weitausholende Armbewegung. »Das habe ich für euch gefunden. Hier müßt ihr nicht mehr frieren, dieser Raum hat ein Hypocaustum!«
Die vier starrten ihn an. »Was ist denn das nun wieder für ein Ding?« fragte Leo.
Titus wies nur auf den Fußboden und erklärte lässig: »Na, ein Hypocaustum. Kennt ihr das denn nicht? Viele kleine Ziegeltürmchen sind unter dem Fußboden und dazwischen warme Luft, fertig. Wie im Rasthaus und im Bad.«
Er schien verblüfft, wie man so hinter der Zeit zurück sein konnte und nicht wußte, was ein wohlig wärmendes Hypocaustum war. Inzwischen spürten die Kinder es selbst: Der Raum war geheizt.
Eine römische Fußbodenheizung, wie Titus annehmen mußte, hatte er allerdings nicht. Aber irgendein Heizungs- oder Warmwasserrohr schien unter dem Boden durchzulaufen. Deshalb war er wahrscheinlich auch hin und wieder benutzt worden und darum nicht ganz so verstaubt wie der Raum auf der anderen Seite. Aber auch hier stapelte sich Gerümpel, ein ausgedienter Schreibtisch, ein alter Schrank und ein paar Stühle. Man konnte es sich auf der Schreibtischplatte bequem machen, und die Stühle waren auch noch zu gebrauchen.
Die Kinder waren begeistert.
»Du bist wirklich toll«, sagte Julia bewundernd. »Ich hab schon gedacht, ich muß hier oben erfrieren.« Dann aber fuhr sie sich mit der Hand an den Mund: »Oje, was sind wir für Idioten! Du hast dich um uns gekümmert, und wir sind nicht ein einziges Mal auf die Idee gekommen, dir

etwas mitzubringen! Was Schönes zum Essen zum Beispiel!«
»Ich sorge schon für mich«, sagte Titus und fragte dann verschmitzt: »Oder habt ihr etwa Ziegenbraten, gewürzt mit Honig und dem Garum aus Fisch mitgebracht?«
Die Kinder sahen sich erstaunt an, und Sven sagte, was alle dachten: »Fisch und Honig zusammen. Habt ihr das gegessen?«
»Einerseits ja, andererseits nein«, antwortete Titus. Und die Kinder lachten über seine Art zu reden. »Wenn Reisende kamen«, fuhr Titus fort, »oder der Sold gezahlt wurde, dann habe ich die Soße mit dem Gewürz aus zerstoßenen und in der Sonne getrockneten Fischen gemacht. Sonst aber haben sich die Soldaten Brot gebacken, und wir haben einen dicken Brei aus geröstetem Getreide, Bohnen und Linsen gegessen.«
»Und du scheinst dabei ganz schön reingehauen zu haben, mager bist du nicht gerade!« platzte Leo heraus.
Sven fand Kochgeschichten nicht so aufregend. Ungeduldig fragte er: »Gekämpft habt ihr wohl überhaupt nicht? Wärst du nicht lieber Legionär gewesen, statt immer zu kochen?«
Die beiden Mädchen fuhren gleichzeitig hoch: »Na, hör mal!« Sie fanden es kränkend, daß Sven solche Fragen stellte, und außerdem ärgerte es sie, daß Kochen wieder mal als etwas Zweitrangiges gelten sollte.
Aber Sven ließ sich nicht beirren: »Schließlich war das hier ein Militärstützpunkt, so eine Art Vorposten. Ihr hattet das Land erobert, und die Germanen ließen sich das auf die Dauer nicht gefallen, so war's doch, oder?«
Sven stellte sich Kampfgetümmel und blitzende Waffen

vor und fand das, was Titus erzählte, lahm. Titus war nicht beleidigt. »Zu meiner Zeit gab es hier keinen Krieg, zum Glück. Keine Überfälle, keine verbrannten Häuser, keine Toten. Und Legionär ... einerseits war ich dafür zu jung, und andrerseits war das kein Spiel«, sagte er langsam, als hätte er Svens Gedanken erraten.

»Bei Sonnenaufgang erklang das Hornsignal«, erzählte er. »Dann folgte Stunde um Stunde Exerzieren oder ein Übungsmarsch mit schwerem Gepäck. Die Wachen streiften meilenweit den Limes entlang, bei Wind und Wetter. Wer während der Wache einschlief, konnte mit dem Tod bestraft werden ...« Er schwieg einen Augenblick und fuhr dann ein bißchen hochnäsig fort: »Die Legionäre im Kastell waren zumeist nicht aus Rom. Sie hatten zwar das römische Bürgerrecht, aber fast alle fünfhundert Mann kamen vom Fluß Danuvius. Es war eine Hilfstruppenkohorte, und nur die Offiziere waren wirkliche Römer, so wie ich«, fügte er stolz hinzu.

Aber gleich schien es ihm leid zu tun, daß er so angegeben hatte, und erklärte: »Es war wirklich einsam hier, die Soldaten kamen auch selten in die Stadt. Aber mein Vater und ich, wir fuhren mit dem Wagen und holten Öllampen und Schalen aus Ton, Gewürze und Wein.« Und als wäre das Wort Stadt für ihn ein Stichwort, sagte er sehnsüchtig: »Ich wäre sehr glücklich, wenn ihr mich einmal mit in die Stadt nehmen würdet!«

»Welche Stadt meinst du denn?« fragte Sven erstaunt.

»Wenn die Ochsen oder die Esel den Karren ziehen, dann dauert es eine halbe Tagesreise bis zur Stadt am kleinen Fluß. Aber die Straße ist gut und führt schnurgerade von hier bis an ihre Mauern.«

Titus sah Sven verwundert an, daß er die Stadt nicht kannte.
Den Kindern begann zu dämmern, daß er eine andere Stadt als ihre meinen mußte. Denn selbst zu Fuß war es von ihnen bis zum Kastell keine Tagesreise, die Entfernung betrug etwa fünf Kilometer. Julia fiel ein, was ihre Mutter vom Ansturm der Leute auf die Baugruben der Satellitenstadt an der Nidda erzählt hatte. Dort mußte seine Stadt gestanden haben. Das konnte stimmen, fünfzehn Kilometer waren es ungefähr bis dahin.
»Ich kann mir denken, was er meint. An der Nidda hat man 'ne Menge ausgegraben, ein Stadtteil heißt sogar Römerstadt. Aber zu sehen ist dort heute so gut wie nichts mehr«, erzählte Julia den anderen drei. Und dann zu Titus gewandt: »Wir kommen nicht aus der Stadt, die du meinst. Unsere Stadt liegt viel näher. Sonst könnten wir doch nicht so oft heraufkommen, nach der Schule.« Sie sah sein verwirrtes Gesicht und fuhr fort: »Aber unsere Stadt ist auch sehr schön, nur eben ganz neu, also neu auch wieder nicht, ziemlich alt sogar. Aber was alt ist, ist für dich neu ... oje, jetzt verheddere ich mich aber«, sagte sie seufzend.
»Was meint ihr denn«, sprudelte Sabine heraus, »wenn wir Titus mit in *unsere* Stadt nehmen? Wäre das nicht Superklasse?« Als die anderen mit der Antwort zögerten, bohrte Sabine nach. »Warum sagt ihr denn nichts?«
»Da müssen wir ihn aber anders anziehen«, meinte Sven.
Ein Schatten ging über Titus' erwartungsvolles Gesicht. Er ließ die Arme hängen und schüttelte den Kopf: »Das geht nicht. Diese Kleidung gehört zu mir.«

Es klang so entschieden, daß die vier merkten, darüber brauchte man nicht mehr zu reden.
Die Kinder dachten nach.
»Ausziehen geht also nicht«, sagte Sven nach einer Weile, »aber wenn wir ihm etwas umhängen?«
Verschmitzt sah er seine Freunde an. War das nicht eine gute Idee? Vielleicht war die Idee doch nicht so gut, denn Titus wich zurück, er hatte eine fast abwehrende Haltung angenommen.
»Natürlich nur, wenn du es willst.« Julias Stimme klang beruhigend. »Es wäre doch wunderschön, wenn wir mit dir in die Stadt gehen könnten.«
Der Junge im grünen Umhang sah die vier Kinder der Reihe nach an, dann hob er zweifelnd die Schultern: »Es wird nicht gehen.«
Aber die vier waren entschlossen, es zu versuchen. Umhang und Schulter hatte Sven schon einmal berührt, ohne daß mit Titus etwas geschehen war. Sie entschieden sich für Svens olivgrünen Anorak, der müßte Titus eigentlich passen. Sven nahm den Anorak und legte ihn Titus vorsichtig um die Schultern, aber er stellte sich dabei merkwürdig ungeschickt an. Es sah aus, als drücke er den Anorak gegen etwas Unsichtbares. Sven trat von einem Bein aufs andere, und sein Gesicht wurde rot, als müsse er sich ungeheuer anstrengen. Bis dicht an den grünen Umhang kam er heran, dann schien eine Art Luftpolster den Anorak abzustoßen. Titus beobachtete Svens Anstrengungen gespannt, sagte aber nichts. Schließlich gab Sven es auf.
»Das wird nichts«, sagte er verblüfft.
Die drei anderen hatten die ganze Zeit mit offenen Mündern dagestanden. Leo fand als erster die Sprache wieder:

»Mannomann, das darf ja nicht wahr sein!« Und nach einer Weile, nachdem er Titus von oben bis unten gemustert hatte: »Mach dir nichts draus. Ist nicht so schlimm.«
Julia strich ihm sanft über die Schulter. Ganz vorsichtig. Einfach nur, um auszuprobieren, ob wenigstens das möglich war.
Titus blieb stehen, nichts veränderte sich.
Leo überlegte laut. »Wenn man sagen könnte, daß er als Römer Werbung macht für irgendwas oder so ...«
»Ja, richtig«, sagte Sabine. »Ich hab schon oft Leute verkleidet gesehen, die für irgendwas geworben haben.«
Plötzlich sprang sie hoch und schrie: »Ich hab's, ich hab's! Ich sage nur ein Wort: Fasching!«
Ein wildes Geschrei brach los. Die drei gerieten regelrecht aus dem Häuschen. Nur Titus guckte verdutzt. Er konnte nicht wissen, daß sie soeben das Ei des Kolumbus gefunden hatten.
Es war Faschingszeit und deshalb fast ein bißchen merkwürdig, daß den Kindern, die doch in der Nähe des Rheins und des Mains lebten, diese Idee nicht längst gekommen war. Aber ihre Stadt lag weder am Rhein noch am Main, nicht einmal direkt an der Nidda. Hier spielte sich Fasching auf der Straße nur an den drei tollen Tagen ab, von Faschingssonntag bis Faschingsdienstag, und in diesem Trubel würde Titus als »Römer« überhaupt nicht auffallen. Die Kinder erklärten ihm, daß in der nächsten Woche ein Fest sei, zu dem sich die meisten Menschen verkleideten, und daß er sich deshalb in der Stadt bewegen könne, ohne aufzufallen. Genau das mußte Titus sich gewünscht haben. Er erkundigte sich nur, wo sie ihre Pferde hätten, und war erstaunt, als er erfuhr, daß sie

keine Pferde brauchten, weil es einen Wagen gäbe, mit dem sie in die Stadt fahren könnten, und daß dieser Wagen von einer Maschine angetrieben wurde.
Als Leo grinsend hinzufügte: »Das haben mal nicht die Römer erfunden«, war Titus nicht im geringsten beleidigt.
Wie aber sollten sie in Kostümen am Pförtner des Kastells vorbeikommen, ohne daß der sich wunderte? Titus winkte ab. Er hatte keine Schwierigkeiten, auch einmal *vor* dem Kastell auf sie zu warten. Er schlug als Treffpunkt das Haus des Pferdehändlers vor, oder besser, eine Kellerecke dort.
»Und wo, bitte, befindet sich das Haus des Pferdehändlers?« erkundigte sich Leo spöttisch, denn für ihn sahen die Grundmauern des Kastelldorfes alle gleich aus.
»Es ist das letzte Haus linker Hand von der porta praetoria aus«, antwortete Titus sachlich. »Ein Brunnen ist auch dabei.«
Sven wollte klären, daß sie schon früher heraufkommen würden, und zermarterte sein Gehirn nach einem altertümlichen Ausdruck für Mittagszeit. »Wir treffen uns, wenn die Sonne am höchsten steht«, sagte er schließlich.
»Hihi, wie im Western«, meinte Sabine kichernd. »Und wenn nun gar keine zu sehen ist, du Schlaumeier?«
Aber Titus hatte verstanden. »In der Mitte des Tages«, sagte er.
Dann verabschiedeten sie sich, selbstverständlich ohne Titus die Hand zu geben. Das Pförtnerhaus passierten sie mit ernsten Gesichtern. Ihr Glück, daß der Pförtner nicht auf die Idee kam, sich für ihre Aufzeichnungen zu interessieren.

Siebentes Kapitel

Titus wird eingeschmuggelt

In anderen Jahren hatte es in der Faschingswoche vor allem ein Problem gegeben: Waren die Kostüme schön genug, und waren sie auch komplett? Diesmal nahmen Sabine und Julia, Sven und Leo einfach die Kostüme vom vergangenen Jahr aus den Koffern, und damit war die Sache schon erledigt. Leo würde wieder Zauberer sein mit schwarzem Spitzhut und in einem Kaftan aus lila Seide mit Sternzeichen. Ursprünglich hatte er sich diese Rolle ausgedacht wegen Snupi, seinem Hasen. Etwa so: Zauberer holt Kaninchen aus dem Hut und läßt es wieder verschwinden. Ein Kaninchen besaß er ja . . . Weil er aber die Schwierigkeit, den Hasen verschwinden zu lassen, gewaltig unterschätzt hatte, denn der guckte immer wieder raus, verzichtete er auf Vorführungen. Zauberer war er trotzdem geworden.

Sabine würde als Zigeunerin im Schlabberrock wieder mit vielen Armbändern und Ziermünzen herumklirren, und Sven blieb Pirat im Flickenhemd, mit rotem Kopftuch und schwarzer Augenbinde.

Julia fand Mädchenkostüme langweilig, deshalb wollte sie lieber ein Musketier sein mit langem Degen und Federhut.

Der Faschingsdienstag war klar und frisch, auf den Zweigen lag überall Rauhreif. Zwischen den Mauerresten des Kastelldorfes stiefelten bei dem schönen Wetter viele Besucher herum und brachten Unruhe ins Gelände.

Der Keller im Haus des Pferdehändlers war leer.
»Ein einziges Mal möchte ich erleben, daß Titus dort ist, wo man ihn erwartet«, stöhnte Leo.
»Bei den vielen Leuten hier?« sagte Sabine.
»Vielleicht hauen die bald ab. Sonst laß ich mir was einfallen«, schimpfte Sven.
»Was denn?« fragte Sabine spöttisch. »Willst du etwa den Centurio holen?« Sie lachten alle. Ziellos streiften sie zwischen den Bäumen und Mauerresten herum und näherten sich den Thermen, der ehemaligen Badeanlage. Die Leute am anderen Ende des Kastelldorfes schienen sich endlich zu entfernen.
»Vielleicht nimmt er ein Bad«, witzelte Leo, erschrak dann aber doch ein bißchen, als er um die Ecke guckte. Unter einem weißbereiften Zweig saß nämlich Titus auf der Thermenmauer. Das Licht fiel hell auf ihn, und er wirkte wie ein Gemälde in Braun, Grün und Gold. Titus baumelte mit den Beinen und stellte belustigt fest: »Ave! Heute gehen wohl alle Germanen spazieren!«

Die vier waren gespannt, wie Titus auf den Autobus reagieren würde. Wenn er wirklich beeindruckt war – er zeigte es jedenfalls nicht. Cowboys und Indianer drängelten sich im Bus, Ungarinnen und Schotten, Clowns und Pippi Langstrümpfe. Julia und Sabine, Sven und Leo nahmen Titus in die Mitte und blieben in der Nähe der Tür stehen. Leo redete auf ihn ein, erklärte ihm flüsternd alles, was sie sahen. Er sollte keine Angst bekommen. Titus war ganz still und hörte aufmerksam zu. Ab und zu warf er einen Blick nach draußen, wo der Wald vorbeiglitt und schließlich die ersten Häuser auftauchten.

Plötzlich gab es einen Ruck, als hätte jemand die Notbremse gezogen. Mit quietschenden Reifen stand der Bus, und im Mittelgang fielen Kinder und Erwachsene übereinander. Zischend öffnete sich die automatische Tür, und im selben Moment hörte man einen Schrei, hell und freudig. Das war Titus. Der drängte sich blitzschnell zur offenen Tür, sprang aus dem Bus und lief in langen Sätzen quer über ein Stück freies Gelände auf einen Spielplatz am Rande der Siedlung. Die vier rannten hinterher. Im Laufen drehten sie sich um und sahen, daß im Bus eine ziemliche Aufregung herrschte. Die Leute und der Fahrer schienen sich anzuschreien, mit der Faust drohten sie hinter ihnen her. Dann fuhr der Bus wieder an und brauste in einer Dieselwolke davon.
Julia und Sabine, Sven und Leo erreichten japsend den Spielplatz. Vor ihnen stand der Spiel- und Kletterturm, roh gezimmert aus Baumstämmen, wie sie zu Palisaden und Blockhütten verwendet werden. Hundertmal waren die Kinder daran vorbeigegangen, und nie hatten sie daran gedacht, daß er die Nachbildung eines römischen Wachturms war. Titus war hinter dem Turm verschwunden und hatte ihn mit katzenartiger Geschwindigkeit erklettert. Ehe sie sich's versahen, war er aber schon wieder unten und kam mit hängenden Schultern hinter den Palisaden hervor.
»Da ist niemand«, sagte er leise.
Den vieren klopfte das Herz bis zum Halse. Leo war der erste, bei dem der Schreck in Ärger umschlug. Noch keuchend vom schnellen Laufen, baute er sich vor Titus auf und machte sich Luft: »Also mein lieber Titus, jetzt hör mal gut zu. Ein für allemal: Du findest hier keine alten

Römer mehr. Und du wirst von jetzt an auf keinen Fall wieder weglaufen. Ist das klar?«

Da ging mit Titus eine unerwartete Veränderung vor. Er stellte sich kerzengerade vor Leo hin und herrschte ihn an: »Was fällt dir ein! Dein Übermut beleidigt mich! Du kannst mir keine Befehle erteilen, ich bin ein freier Römer und nicht dein Sklave!«

Die beiden Jungen standen sich auf Armeslänge gegenüber, Leo völlig verdattert und Titus mit blitzenden Augen und einer zornigen Falte auf der Stirn. So hatten ihn die Kinder noch nie erlebt. Es sah bedrohlich und komisch zugleich aus, wie die beiden Jungen voreinander standen. Titus mit seinen überlangen »Bermudashorts« und Leo mit dem wallenden Kaftan. Wenn das eine Keilerei wird, schoß es Julia durch den Kopf, und Leo Titus zu fest anfaßt, dann kann er nur noch mit sich selber kämpfen. Laut sagte sie: »Seid ihr denn völlig übergeschnappt! Der Krieg zwischen Römern und Germanen ist doch längst vorbei, capito?«

Als sie sah, daß Titus seine angespannte Haltung nicht aufgab, sagte sie zu Leo gewendet: »So darfst du doch nicht mit ihm reden! Er ist nicht dein kleiner Bruder oder irgendein x-beliebiger Typ!«

Und zu Titus: »Und du darfst ihn nicht falsch verstehen. Er hat nur Angst, daß wir dich verlieren, wir haben alle Angst davor.«

Sven und Sabine nickten heftig. Da beruhigte sich Titus, und Leo brummelte etwas von »nicht so gemeint«.

Verlegen standen sie herum, bis beide spontan dasselbe tun wollten, nämlich dem anderen auf die Schulter klopfen. Die drei anderen riefen: »Vorsicht, die Hand!« und

meinten natürlich, daß Titus nicht zu fest angefaßt werden dürfte. Titus und Leo fuhren wie von einem Insekt gestochen auseinander, und alle mußten lachen.
»In den Bus steige ich aber jetzt nicht noch mal«, sagte Sven und dann kopfschüttelnd: »Warum hat der bloß gehalten?«
»Weil ich es wollte«, sagte Titus zaghaft, als erwarte er nun gleich ein neues Donnerwetter. Aber die Kinder schauten ihn nur verblüfft an.
»Das Laserpicium ...«, murmelte er.
Komisch, dachte Julia, kann er denn auch etwas damit *machen?* Aber sie wollte nicht danach fragen und witzelte nur: »Ich dachte, heute zaubert nur der Leo!« und mit einem Blick auf den Weg, den sie zu Fuß gehen mußten: »Ein fliegender Teppich für fünf Personen zum Beispiel wäre jetzt nicht schlecht!«

Achtes Kapitel

Wurzelzauber

Die Stadt lag vor ihnen im klaren Licht des Wintertages. Rot waren die Ziegeldächer der Altstadthäuser, schwarzbraun leuchtete hier und da Fachwerk aus gelb- und grüngetünchten Häuserwänden, und der frischgeweißte Schloßturm ragte mit seiner goldenen Wetterfahne in den Himmel. Es gab auch vereinzelt Hochhäuser mit vielen übereinandergestaffelten Balkonen. Immer wieder entdeckte Titus Dinge, die ihn an seine römische Welt erinnerten. Die runden Bögen einer Brücke, die einen Teil der Altstadt überspannte, ein Haussockel aus feingefügten Ziegeln, eine Fachwerkwand. Das alles kam ihm bekannt vor.

Als sie über den asphaltierten Marktplatz gingen, fing Titus an zu hüpfen. Ein großer Sprung, zwei kleine, und dann die Beine zusammen, danach breit und wieder: zusammen und breit. Jetzt dreht er durch, dachte Sven. Da wandte Titus sich lachend um und zeigte auf den Boden: »Spielt ihr das auch noch?«

Und sie sahen ein mit Kreide aufgemaltes »Himmel-und-Erde«-Feld.

»Aber unsere großen römischen Pflastersteine sind dafür noch besser!« setzte er hinzu.

Plötzlich knallte es wie verrückt. Titus erschrak heftig, und selbst die vier, die das Krachen von Platzpatronen und Zündplättchen kannten, zuckten zusammen. Vor ihnen standen zwei schwerbewaffnete Sheriffs, zwei Cowboys und ein wildbemalter Indianerhäuptling im Federschmuck und mit der Donnerbüchse im Anschlag. Der Indianerhäuptling sagte »na« und entpuppte sich als Andi Ladinger.

»Na«, sagten die vier und machten nicht gerade begeisterte Gesichter.

»Kleine Kinder hüpfen gern!« spottete Andi.

Wahrscheinlich sagte er das nur, um überhaupt etwas zu sagen. Aber da die Kinder fürchteten, daß Titus gekränkt sein könnte, freuten sie sich, als Sven zurückpflaumte: »Und noch kleinere Kinder fühlen sich als Helden, wenn sie ballern!«

»Hört, hört«, tönten Andis Kumpels. Aber dem Andi fiel nichts anderes ein, als sich über den fremden Jungen lustig zu machen: »Was ist denn das für eine komische Figur?«

»Ein Freund«, antwortete Sven einsilbig.

»Von hier?«

»Von auswärts.«

»Was soll denn der darstellen?«

»Einen Römer, das siehst du doch.«

»Mit *den* Hosen?« Es klang verächtlich. Dann wandte er sich direkt an Titus: »Ist bei dir 'ne Schraube locker? Mit nackten Beinen! Und reden kannst du wohl auch nicht?«

Da wurde es Leo zu bunt: »Sein Urururgroßvater hat vor zweitausend Jahren ein Gelübde getan, daß keiner in der Familie jemals Strümpfe anziehen darf. Und daran muß er sich nun leider halten«, sagte er kühl. »Außerdem hat er auch geschworen, daß seine Nachkommen nicht mit Oberidioten reden dürfen.«

»Den Oberidioten nimmst du zurück«, schnaubte Andi.
Er stellte sich breitbeinig auf, seine Crew versammelte sich um ihn, und alle knallten mit ihren Pistolen, so daß Titus jedesmal zusammenzuckte. Es wurde unbehaglich. Plötzlich verzog sich Andis bemaltes Gesicht. Es sah aus, als bekäme er einen Lachanfall. Aber es wurde ein Niesanfall, der auch seine Westernbrüder überwältigte. Als wären fünf Heuschnupfenkranke in einen frisch gefüllten Heustadel gefallen, niesten, schnieften und kieksten die fünf um die Wette. Zwischen zwei Niesern stieß Andi hervor: »Niespulver, das ist gemein!« Aber merkwürdigerweise nieste nur die Andi-Ladinger-Gruppe.
»Gesundheit!« rief Sabine amüsiert, und nachdem sie Titus in die Mitte genommen hatten, zogen sie vergnügt weiter.
Als sie sich an der nächsten Ecke noch mal umdrehten, sahen sie, daß fünf Westernhelden, deren Niesreiz so schlagartig, wie er gekommen war, wieder aufgehört haben mußte, ihnen verdattert nachstarrten.
Titus murmelte grinsend: »Das Laserpicium ...«
Natürlich hatten das alle vier gehört. Aber als Sven, um ganz sicherzugehen, fragte: »Was hast du gesagt?«, sagte Titus nur: »Ich? Nichts Besonderes.«
Es war, als wäre nichts geschehen. Und doch hatte jeder von ihnen ein komisches Gefühl. Plötzlich blieb Titus stehen. Ihn schien noch etwas zu beschäftigen: »Was für eine Rolle spielte er eigentlich?«
Für Titus war das ganze Faschingstreiben eine ausgedehnte Theatervorstellung mit verschiedenen Schauplätzen.

»Wer? Ach so, der Andi. Das war doch ein Indianer«, antwortete Sven. Im gleichen Augenblick war ihm klar, daß Titus mit dieser Auskunft überhaupt nichts anfangen konnte. Denn Amerika, wo die Indianer zu Hause sind, wurde erst rund eineinhalb Jahrtausende nach seiner Zeit entdeckt. Schwer vorzustellen. Jedenfalls mußte man versuchen, es ihm zu erklären.
»Also etwa in der Mitte zwischen der Zeit, in der du im Dorf da oben lebtest, und heute ...«, begann Sabine.
»Quatsch, in der Mitte, du kannst wohl nicht rechnen«, unterbrach Leo sie.
»Dann kannst du's ja machen!« Sabine war beleidigt.
»Nur ganz kurz.« Leo wollte es schnell hinter sich bringen: »Vor ungefähr fünfhundert Jahren wurde ein neuer Erdteil entdeckt. Und die Ureinwohner sahen ungefähr so aus wie der Andi, wenn sie Feste feierten oder auf Kriegszüge gingen.«
Das war knapp. Aber einem Römer aus dem Jahre 150 jetzt die überwältigende Anziehungskraft eines Winnetou zu erklären, das konnte er nicht. Darum ergänzte er nur: »Sie waren großartige Reiter und sind es noch. Und für uns sind Geschichten über die Indianer wie für euch etwa, also zum Beispiel ... nämlich ...« Es war ihm sehr unangenehm. Er wußte nicht weiter. Verschwommen erinnerte er sich an heldenhaft kämpfende Jünglinge, kam aber im Moment auf keinen Namen. Als ihm das trojanische Pferd einfiel, wußte er nicht so recht, ob das paßte.
Aber da erlöste Titus ihn: »Die zwölf Taten des Herkules!«
»Ah ja, na klar!« Daß sie nicht darauf gekommen waren! Aber gleich zwölf Taten. Wenn sie ehrlich waren, brach-

ten sie so viele in keinem Fall zusammen, und Julia fragte direkt: »Wie waren die eigentlich?«
Titus legte los, wie aus der Pistole geschossen. Sicher wußte er alle zwölf. »Er überwand den unverwundbaren Löwen von Nemea, indem er ihn in seinen Armen erwürgte. Der Kopf des Ungeheuers wurde sein Helm, das Fell sein Mantel. Er fing den Eber, der das Land verwüstete und vertrieb die Vögel, die eiserne Krallen hatten und ihre Federn wie Pfeile verschossen, mit einer Klapper aus Bronze. Er schlug der grausigen Hydra die Köpfe ab, und als sie nachwuchsen, brannte er die Stümpfe mit glühenden Baumstämmen aus ...«
Die Kinder waren beeindruckt.
»Da war doch aber auch was Lustiges«, unterbrach Sabine seinen Redeschwall, denn das war ihr alles viel zu grausam.
»Lustiges?« Titus schien verwundert.
»Ja, so mit Schweinen ...«
»Ach so, der Stall des Augias.« Titus erzählte sofort weiter. »Der König Augias besaß riesige Herden. Ihr Mist häufte sich in ungeheuren Mengen in den Ställen des Königs an. Herkules reinigte die Ställe an einem Tag, indem er zwei Flüsse hindurchleitete.« Titus machte eine Pause. Und weil ihm wahrscheinlich Sabines Bemerkung nicht ganz gefallen hatte, sagte er ernst: »Wir verehren ihn. Er ist ein Gott.«
Julia hörte nicht genau hin, was Titus erzählte. Mehr als der ferne Herkules ging ihr das Laserpicium im Kopf herum. Nach dem Vorfall im Bus und der Niesgeschichte sah es so aus, als ob Titus selbst Gewalt darüber hatte. Aber wie und vor allem in welchem Maße, das war die Frage.

Hatte er etwas von dem Kraut bei sich? Und welche wunderbaren Dinge könnte er noch damit anstellen? »Diese Wunderkraft, die der Herkules hatte ...«, begann sie vorsichtig und schielte zu Titus hin, »war das so ähnlich wie dein Laserpicium?«
Aber vielleicht hatte sie zu leise gesprochen, oder Titus wollte nicht antworten. Denn er reckte sich und rief: »Oh, die vielen Menschen! Und hört ihr die Musik?«
Sie sahen jetzt, daß immer mehr Menschen in eine Richtung strömten. »Wenn wir vom Faschingszug etwas mitkriegen wollen, müssen wir uns beeilen«, sagte Sven und drängte seine Freunde, etwas schneller zu gehen.
»Mir nach!« kommandierte Leo, und sie schlängelten sich zwischen den Menschengruppen hindurch in Richtung Hauptstraße. Das war nicht ganz ungefährlich, denn nicht auszudenken, was passieren könnte, wenn jemand im Gedränge nach Titus greifen würde ... Aber Titus witschte glatt zwischen Dicken und Dünnen, Kostümierten und Normalgekleideten hindurch, als mache er das alle Tage.
»Ich hab einen irrsinnigen Hunger«, verkündete Leo und blieb stehen.
»Immer wenn du was Gutes riechst, hast du Hunger«, sagte Sabine.
»Essen ist immer gut«, bemerkte Titus. Er schnupperte: »Was ist das, das so köstlich riecht?«
»Wir nennen es Kreppel«, antwortete Julia, und alle mußten kichern, weil ihre Antwort so gestelzt klang. »Ein Gebäck, das in schwimmendem Fett gebacken wird.«
Titus war ganz Ohr. Das war etwas, was ihn interessierte. Alles, was mit Kochen zu tun hatte, interessierte ihn.

»Dann laß uns ein paar holen«, schlug Sven vor. »Aber schnell, damit wir weiterkommen.«
Am Kreppelstand lagen die zuckerbestäubten Kuchen stiegenweise übereinander. Sie gingen weg, nicht wie warme Semmeln, sondern eben wie frische Kreppel. Plötzlich blickten sie geradewegs in die spiegelnden Brillengläser von Herrn Agricola, auch er hatte dem Kreppelduft nicht widerstehen können. Sein Faschingsschmuck bestand einzig in einer bunten Papierrosette am Mantelaufschlag. Auch seine Frau, der man ansah, daß sie heute nicht zum ersten Mal eine große Tüte Kreppel verzehrte, hatte sich ein paar Luftschlangen zaghaft um den Pelzkragen gelegt. Aber ihre Laune war ausgesprochen gut. Herr Agricola hatte natürlich in dem Piraten, der die Augenbinde längst auf die Stirn geschoben hatte, seinen Schüler Sven erkannt. Und unter dem Musketierhut mit den schwingenden Federn Julia Feyerabend.
»Na, Herrschaften«, sagte er wohlwollend, »so läßt es sich ja wohl aushalten.« Dabei biß er kräftig in ein Kreppel. Er schmunzelte, als er zwischen Pirat und Musketier den Römerjungen entdeckte. Sein Lateinlehrerherz freute sich, und er glaubte wohl, den Kindern einen Scherz schuldig zu sein. Denn kaum war sein Mund wieder leer, da schoß er auch schon seine Frage auf den kleinen Römer ab: »Delectarisne hoc pulcherrimo die?« *
Sofort kam von Titus die Antwort: »Dum lucet, nobis die bene uti oportet!« **
Es klang ganz selbstverständlich. Titus hatte nur Augen

* »Vergnügst du dich gut an diesem wunderschönen Tag?«
** »Solange die Sonne scheint, sollte man das Gute, das der Tag bietet, ergreifen!«

für Leo und Sabine, die sich Kreppel in eine Tüte packen ließen. Sven und Julia hielten den Atem an. Herr Agricola hatte rote Köpfe und verlegenes Kichern erwartet. Er dachte, er höre nicht recht. Woher nahm dieser Knabe so blitzschnell dies glänzende Latein?
Er fragte noch einmal, bewußt langsam und deutlich: »In qua excellentissima schola linguam latinam discis?«*
Und Titus antwortete wahrheitsgemäß: »In vico nostro latine loquimur.«**
Seine braunen Augen strahlten.
Herr Agricola schnappte nach Luft. Titus machte eine sehr höfliche kleine Verbeugung. Verzweifelt zerrten Sven und Julia an seinem Umhang, stotterten mit gequältem Lächeln etwas von »Weitergehenmüssen« und verschwanden vor Herrn Agricolas Augen mit Titus in der Menge, die sich gerade in dichten Trauben vorüberschob. Zurück blieb Herr Agricola mit einem ziemlich törichten Gesichtsausdruck.
Julia und Sven drängten Titus und die beiden ahnungslosen Kreppelkäufer in einen Hauseingang.
»Er war ein Lehrer, nicht wahr?« Das hatte Titus über Jahrtausende hinweg gespürt.
»Was war denn?« fragte Sabine, die sich über Svens und Julias Eile wunderte.
»Der Africola hat mit Titus lateinisch gesprochen.« Sven war noch nicht fähig, sich darüber zu amüsieren. Er dachte an den nächsten Schultag. Ihm schwante einiges.
»Echt stark!« Leo war beeindruckt. »Und was hat er gesagt?«

* »In welcher ausgezeichneten Schule lernst du Latein?«
** »In unserem Dorf ist es üblich, Latein zu sprechen.«

Sven und Julia hatten kein Wort verstanden und guckten Titus fragend an. »Er wollte wissen, ob mir der Tag gefällt, und dann noch, in welcher Schule ich Latein lerne!«

Das vor allem schien Titus nun sehr komisch zu finden, er schüttelte immer wieder lachend den Kopf. »Da habe ich ihm gesagt, daß wir im Dorf natürlich immer Latein sprechen, was denn sonst!« Er konnte sich gar nicht beruhigen.

»O weia, weia«, seufzte Julia, »im Dorf und immer Latein ... das wird was!«

Aber Leo mit seiner blühenden Phantasie hatte wieder einmal eine Idee.

»Dorf ist schon mal gut. Dann könnt ihr sagen, euer Freund geht in so ein Superinternat. Das soll's doch geben.«

»Na, ich weiß nicht ...« Julia sah fragend auf Titus, als müßte ausgerechnet der eine stichhaltige Erklärung wissen. Aber Titus interessierte sich im Augenblick nur für die Kreppel. Er biß hinein, kaute, schmeckte und sagte anerkennend: »Ich glaube, so gut haben die Germanen früher nicht gegessen.«

Dann hob er den Kopf und einen Finger: »Hört ihr nicht?«

Aber es waren nur die bekannten Geräusche. Menschen, Musik, das Knallen von Platzpatronen. Mehr hörten die Kinder nicht.

»Pferde!« rief Titus, und seine Augen blitzten erwartungsvoll. Es dauerte aber noch eine ganze Weile, bis auch die anderen Pferdegetrappel hörten.

»Mann, hast du Ohren!« stellte Leo anerkennend fest.

Sie stürzten aus dem Hauseingang und sahen den Zug. Es war wie immer: Konfettiregen, Luftschlangen und Helaugeschrei, die Garden mit ihren historischen Uniformen, Faschingsprinz und -prinzessin auf ihrem Thron und die anderen Wagen mit den riesigen Köpfen aus Pappmaché.

»Ein Triumphzug ist das wohl nicht?« wollte Titus wissen.

Die vier sahen sich an und zuckten die Schultern. Sie wußten gar nicht, wovon Titus überhaupt redete.

Dann passierte die Sache mit den Romanellos.

Sven und Titus hatten sich, damit sie besser sehen konnten, auf einen Mauervorsprung gestellt. Da entdeckte Sven Gino, Rosaria und die Oma Romanello, wie sie sich durch die Menschentrauben zu quetschen versuchten. Gino ging als Koch. Kein altrömischer, sondern einer von heute, mit riesiger weißer Kochmütze auf den dunklen Haaren und einem langen Kochlöffel, den er unter die Träger der Schürze gesteckt hatte. Rosaria war eine Ungarin mit roten Stiefelchen und kurzem Rock, von ihrem Kranz im Haar flatterten bunte Bänder. Die Oma war gar nichts. Nur einfach Oma Romanello. Mitgekommen, um Rosaria in dem Gewühl an der Hand zu halten.

Sven hatte Titus gerade ein bißchen angestoßen, um ihm zu sagen, das sei Gino, der komme aus Rom. Da sahen sich die beiden römischen Jungen einen kurzen Augenblick an. Gino guckte nach oben, Titus sah hinab auf den Jungen mit der Kochmütze. Dann lächelten sie sich an, so wie alte und sehr vertraute Freunde. Für mehr hatten sie keine Zeit, denn die kleine Ungarin heulte laut und erbärmlich los. Sie mußte schon die ganze Zeit vor sich hin

geschluchzt haben, ihre rotgemalten Backen waren völlig verschmiert.
»Nix sehen, die kleine Kind«, sagte die Oma Romanello grollend zu Sven und zeigte verzweifelt auf die Mauer aus Menschenrücken.
Aber gerade in diesem Augenblick passierte das Erstaunliche: Die Mauer geriet in Bewegung. Als ob jemand sich Bahn von ganz vorn nach hinten verschaffte.Es bildete sich eine Gasse. Aber niemand kam. Statt dessen drehten sich die Leute um, als erwarteten sie irgendwen. Oma Romanello erfaßte den günstigen Augenblick, nahm Rosaria an die Hand und spazierte entschlossen wie durch ein Ehrenspalier nach vorn. Gino hatte Mühe mitzukommen, denn die Gasse schloß sich sofort wieder. Alles war sehr schnell gegangen.
Leo, Julia und Sabine hatten die Bewegung unter den Leuten und das plötzliche Verschwinden der Romanello-Familie beobachtet. Als sie dann noch den erstaunten Blick von Sven sahen, ging ihnen ein Licht auf. Titus strahlte übers ganze Gesicht. In einer Mischung aus Respekt und Verblüffung sagte Sven zu ihm: »Hast du wieder das La ...?«
Er verschluckte den Rest, denn Titus hatte den Finger auf den Mund gelegt und kaum merklich den Kopf geschüttelt, war vom Mauervorsprung heruntergesprungen und sagte: »Können wir weitergehen?«
Julia fiel auf, daß Titus, während sie die Straßen entlangbummelten, an den Fassaden hochschaute. Was er wohl denken mochte? Sie hatte das Gefühl, daß sie ihm noch einiges erklären müßte. »In solchen hohen Häusern wohnen heute die meisten Leute«, sagte sie und zeigte auf die

drei- und vierstöckigen Gebäude. »Und diese hier sind noch nicht einmal besonders hoch.«

Sie meinte, das sei ein Hauptunterschied zur Römerzeit. Denn wenn die Zeichnung in ihrem Lateinbuch stimmte, hatten die meisten Römer in einer Art Atriumbungalow gelebt, mit einem Innenhof, in dem der Regen aufgefangen wurde und in dem hübsche Marmorfiguren auf kleinen Säulen standen. Aber mit den hohen Häusern konnte sie Titus überhaupt nicht beeindrucken. »In Rom gab es viele *insulae*«, sagte er, »und in den oberen Stockwerken war es nicht gerade schön. Kein Wasser, kein Hypocaustum und oft nicht einmal Fenster. Weil es meinen Eltern dort nicht gefiel und sie kein Geld für ein eigenes Haus hatten, sind sie mit den Legionen über das Gebirge nach Germanien gezogen.«

Titus wirkte auf einmal abgelenkt, denn er schien etwas entdeckt zu haben. Er kniff die Augen zusammen und lief auf das große Schaufenster eines Haushaltwarengeschäftes zu, blieb stehen und rief entzückt: »So viel Glas!«

In blitzenden Reihen staffelten sich geschliffene und ungeschliffene Biergläser, Weingläser, Sektgläser und Sonstwasgläser. Glasteller, Glasplatten und Glasschüsseln türmten sich zu Pyramiden, und dazwischen standen ein paar von jenen bunten Vasen, bei denen man manchmal nicht sagen kann, ob sie kunstvoll oder kitschig sind.

»Ich denke, das Glas hattet ihr längst erfunden«, sagte Sabine erstaunt. Sie wunderte sich, daß Titus ausgerechnet von Glas so begeistert war.

»Das stimmt«, antwortete er. »Aber so viel auf einmal wie hier ... Glas war bei uns teuer ...«

Sabine hatte den Eindruck, daß sich Titus jetzt an etwas erinnerte.
»Die Schale mit den Schlangen«, murmelte er vor sich hin, »die der Praefectus meiner Schwester aus Colonia mitbrachte, war tausendmal schöner ...« Er hob den Kopf und fragte schnell: »Aber wo ist sie?«
»Wer?« Sven kapierte gar nichts. »Colonia ist heute Köln, wenn du die Stadt meinst.«
»Nein, die Schale.« Titus wurde ungeduldig: »Ich habe sie im Kastell nicht gesehen, bei den anderen Sachen!«
»Alles ist ja auch nicht gefunden worden«, sagte Julia und erklärte: »Es hat sich vor allem das erhalten, was im Brunnen unter dem Wasserspiegel lag.«
Herr Agricola wäre über seine Schülerin entzückt gewesen.
»Und Glas geht meistens kaputt, wenn man es ins Wasser wirft«, sagte Leo grinsend.
Aber Titus hatte für solche blöden Witze jetzt gar kein Verständnis.
Irgend etwas beschäftigte ihn noch. Er sagte leise, aber deutlich: »Ich werde sie finden, sie ist so schön.«

Es wurde dämmerig. Die Leute verliefen sich, in den Cafés und Restaurants und in vielen Wohnungen feierte man noch das Ende des Faschings. Aber ein bißchen Aschermittwoch zog mit dem Abend schon herauf. Den Kindern fiel ein, daß sie Titus noch zum Kastell bringen und dann mit einem späten Bus zurück nach Hause mußten. Daran hatten sie vorher nicht gedacht. Es wurde ihnen ein wenig mulmig. Als hätte Titus ihre Gedanken erraten, sagte er: »Zurück fahre ich natürlich allein.«

Als sie ihn zweifelnd ansahen, fügte er großartig hinzu: »Das kann ich wirklich. Immerhin bin ich schon mit dem Ochsengespann vom Fluß zum Kastell gefahren, als es euch noch gar nicht gab!«

Da hatte er allerdings recht.

Sie erreichten die Haltestelle im letzten Augenblick, steckten Titus schnell noch eine Fahrkarte zu und paßten auf, daß sie seine Hand nicht berührten. Der Busfahrer wollte schon anfahren. Titus sprang wie ein erfahrener Busbenutzer hinein, drehte sich um und rief: »Das nächste Mal treffen wir uns beim Rasthaus, beim ...«

Durch die zuschnappende Tür konnten sie den Rest des Satzes nicht verstehen. Einen Augenblick lang sahen sie hinter der Scheibe noch Titus' lachendes rundes Gesicht zwischen einem müden Clown und einem Mädchen mit verrutschter roter Perücke. Er winkte ihnen zu. Dann verschwand der Bus hinter der nächsten Biegung.

Neuntes Kapitel

Das Schlangenglas aus Colonia

Merkwürdigerweise erkundigte sich Herr Agricola mit keinem Wort nach dem fließend Latein sprechenden Römerjungen. Ein paarmal sah er zwar Julia und Sven nachdenklich an, aber jedesmal, wenn sie dachten, gleich passiert es, wurde er entweder abgelenkt, oder es klingelte gerade.

Die vier waren längst vom Laserpicium-Fieber ergriffen. Es hatte sie ziemlich heftig erwischt.

Wenn der Bus zum Beispiel am Mittag wieder mal überquoll, weil alle Hausfrauen mit ihren Einkaufstaschen und Marktnetzen ausgerechnet bei Schulschluß nach Hause fahren mußten und sich obendrein über die sperrigen Ranzen und über die unerzogenen Kinder empörten, dachte Sabine, mit dem Laserpicium ließe ich sie jetzt einfach alle nach oben schweben.

Oder Julia wartete in der Turnhalle ergeben darauf, daß sie es schaffte, die Kletterstange hinaufzukommen. Im Geiste hörte sie schon die anfeuernden Rufe ihrer Lehrerin. Da stellte sie sich vor, daß die, als sie eine Übung vorführen wollte, plötzlich im unteren Drittel der Stange wie festgeklebt hängenblieb, während sie, Julia Feyerabend, elegant wie ein Baummarder an ihr vorüberglitt, um von der Spitze der Nachbarstange auf sie herunterzulächeln. Und alles durch das zauberhafte Laserpicium!

Sven überlegte am Abend, ob das Laserpicium es fertigbrächte, den Film vor seinem Bett erscheinen zu lassen

und seinen Eltern eine Bildstörung zu präsentieren, wenn er zu Beginn des Fernsehkrimis ins Bett geschickt wurde. Er hatte allerdings Zweifel, ob das Laserpicium auch für elektrische Geräte zuständig war.
Leo hatte ganz andere Wünsche. Er stellte sich vor, wie man die Stadtverordnetenversammlung dazu bringen könnte, anstatt über die Milchversorgung der Kindertagesstätten oder über die Elektrifizierung eines Kleingartengeländes über den sofortigen Bau einer Kunsteisbahn zu beraten. Wenn einer der Stadtverordneten gerade sagen wollte: »Dann müssen wir die morgendliche Milchversorgung ...«, käme statt dessen: »Dann müssen wir sofort die Kunsteisbahn ...« Und immer so weiter. Das müßte beim Laserpicium eigentlich drin sein, meinte Leo.

Eines Nachmittags schwenkte Leo einen Zettel: »Wißt ihr eigentlich, Leute, daß ein römisches Glas, und noch dazu aus Köln, der absolute Hit wäre?« Ihm war die seltsame Bemerkung von Titus nicht aus dem Kopf gegangen.
Schlau, wie er nun einmal sei, sagte er grinsend, habe er zu Hause im Lexikon nachgeschlagen. Er las vor:
Das berühmte kölnische Glas der Römerzeit wurde bis in die Donauprovinzen, sogar bis nach Ägypten exportiert. Im Mittelalter verfiel allerdings die rheinische Glasindustrie, und es gab bis auf Reste kein Glas mehr in Deutschland.
»Ist euch klar, daß so ein Ding ein Vermögen wert ist?« setzte er bedeutungsvoll hinzu.
»Und du verkaufst es«, spottete Sabine. »Nur mußt du es erst mal haben, und ob Titus es überhaupt findet, ist noch gar nicht raus.«

»Daß die Römer schon so tolle Gläser hatten ... Und später wußte man dann nicht mehr, wie sie gemacht werden, das ist 'n Ding«, sagte Sven nachdenklich.
»Genau wie mit der Heizung«, sagte Leo. »Die Römer hatten praktisch Zentralheizung, und später schlotterten die Ritter auf ihren Burgen vor Kälte.«
»Na ja, wenn man immer Kriege macht und alles zerstört, dann gehen die Erfindungen eben verloren«, sagte Julia.
»Was er immer mit seiner Schwester und dem Präfekten hat ...« Sabine wollte lieber über Persönliches reden. »Sicher gab es da eine Liebesgeschichte, vielleicht hieß sie sogar Sabina, denn er hat Sabina zu mir gesagt.« Sie kicherte ein bißchen.
»Oder Julia.« Julia wollte nicht zurückstehen. »Meinen Namen kannte er doch auch.«
»Ihr könntet ihn ja mal fragen«, schlug Sven trocken vor.
»Ach, lieber nicht. Wer weiß, woran ihn das erinnert.«

Als sie am Dienstag zum Kastell hinausfuhren, wehte ein stürmischer Wind. Die Wipfel der hohen Fichten bogen sich, und die Kinder mußten ihre Kapuzen festhalten, als sie schnurstracks und ohne nach rechts und links zu blikken auf das römische Rasthaus zustapften. Da war natürlich wieder mal kein Titus. Nackt und bloß ragten die niedrigen Grundmauern aus dem Boden.
»War mir doch gleich als Treffpunkt komisch vorgekommen«, brummelte Leo, »so unmittelbar neben dem Eingang zum Kastell und ohne was zum Verstecken!«
»Er hat doch noch etwas gesagt, als die Bustür zuging«,

überlegte Sven laut, »beim Rasthaus, beim ... Vielleicht meint er das Restaurant da drüben?«
Das Gasthaus lag ungefähr zweihundert Meter unterhalb des Kastells im Wald. Man konnte jetzt im Winter das Dach zwischen den Bäumen sehen. Es war ein älteres Fachwerkhaus.
»Aber das ist doch geschlossen, und dort wird gebaut«, wandte Leo ein.
»Gerade deshalb«, rief Sven und lief schon los, und die anderen folgten ihm abwärts quer durch den Wald. Aber kurz vor dem Haus blieb er plötzlich stehen und gab ihnen Zeichen, leise zu sein. Er stellte sich dicht hinter einen dicken Baumstamm, und die anderen machten es genauso. Ein Kleinbus mit Bauarbeitern verließ gerade die Baustelle.
»Die haben Schluß für heute, ist ja Klasse«, sagte Leo, »jetzt sind wir allein.«
Da hörten sie hinter sich einen leisen Pfiff. Sie fuhren herum. Wie aus dem Boden gewachsen stand Titus vor ihnen. »Na endlich.« Er schien erleichtert und trat ungeduldig von einem Bein aufs andere. »Kommt mit«, sagte er hastig, »ich hab es.«
»Was hat er?« Julia begriff nichts.
Leo verdrehte die Augen: »Na, was wohl!« Er war ziemlich gekränkt, denn er merkte, daß seine Lektion über Glas ins eine Ohr rein und zum anderen rausgegangen war. Ehe er sich noch mehr aufregen konnte, war Titus schon vorausgelaufen, und sie mußten ihm schnell folgen, um ihn nicht aus den Augen zu verlieren.
Die Rückseite des Hauses war zum Teil abgerissen und dicht daneben eine tiefe Baugrube für einen Anbau aus-

gehoben worden. Holz und Steine lagen herum. Der Boden war lehmig und glitschig, so daß sie aufpassen mußten, nicht auszurutschen. Neben der Baugrube unter den Bäumen standen im rechten Winkel zueinander zwei Bauwagen. An der freien Seite schloß der Wald das Dreieck ab, und so war ein abgeschirmter kleiner Platz entstanden. Neben einem Wagen waren alte behauene Steine aufgeschichtet. Die sahen aus wie die vom Kastell, aber lehmverschmiert und schmutzverkrustet. Titus bedeutete den Kindern mit der Hand, daß sie hier auf ihn warten sollten, und verschwand im Gehölz.

Der Wind wurde stärker. Er heulte in den Bäumen, und vom Haus her hörte man eine lose Tür klappern. Die Kinder kauerten sich in den Windschutz der Wagen, da war Titus schon zurück. Sein Umhang flatterte, vorsichtig setzte er Fuß vor Fuß. Beide Hände hatte er an den Bauch gepreßt. Langsam ging er in die Knie und setzte behutsam einen Gegenstand auf den Boden. Es war ein merkwürdiges Gefäß. Mit einem Blick hatte Leo gesehen, daß es nicht aus irgendeinem Geschäft stammen konnte. Form und Größe entsprachen etwa einer kleinen Suppen- oder Salatschüssel, man hätte diese Schale gerade noch mit den Händen umspannen können. Sie schimmerte sanft und fremdartig. An den Seiten bogen sich zwei kleine Henkel, wie aus Knete angeklebt, und in blauen und gelben Schnüren schlängelte sich ein unregelmäßiges Muster herum. Fast andächtig starrten die Kinder auf das zarte Gebilde.

»Das sind also die Schlangen«, flüsterte Sabine.

»Sieht aus wie lauter tolle Unterschriften.« Julias Stimme klang rauh.

Da entdeckten sie, daß um den Rand eine Inschrift lief.
»CARPE DIEM«, buchstabierte Sven, »das müßte heißen ›Pflücke den Tag‹.« Er lachte: »Was soll denn das?«
»Das hat man so gesagt bei uns«, erklärte Titus. »Der Tag soll nicht ungenützt vorübergehen.«
»Na klar«, sagte Leo, »man soll nicht nur rumgammeln und sich anöden, sondern irgend etwas anfangen. Finde ich gut.«
Er beugte sich näher über das Glas, ihre Köpfe stießen schon fast zusammen, so dicht hingen sie über dem Gefäß.
»Und woher hast du es?« fragte Sven schließlich.
»Hier unten, zu beiden Seiten der Straße, die in die Stadt führt, waren die Gräber«, Titus machte eine weitausgreifende Bewegung, »und zur Asche der Toten legte man auch einige Gefäße mit einer Wegzehrung.« Er verstummte und machte wieder das abwesende Gesicht, das sie immer ein bißchen beklommen machte.
Und wie immer hielt diese Stimmung nicht lange an. Er lächelte ihnen zu und sagte einfach: »Ich habe es wiedergefunden, und jetzt gehört es euch.«
Den Kindern verschlug es die Sprache. Natürlich hatten sie in den letzten Tagen ab und zu an das römische Glas gedacht, und seit Leos klugem Vortrag konnten sie sich auch etwas Kostbares darunter vorstellen. Doch jetzt, wo diese Schale tatsächlich vor ihnen lag, war es etwas ganz anderes. Und es handelte sich nicht einfach um irgendein uraltes Ding, wie es in den Museen herumsteht, sondern um das Glas, das der Präfekt für Titus' Schwester aus Colonia migebracht hatte. Und das sollte ihnen gehören! Sie

waren verlegen. Wo lernte man schon, wie man sich verhält, wenn man ein solches Geschenk bekommt!
Für Titus war die Sache ganz einfach: »Ihr habt mir euer Fest gezeigt, ihr seid meine Freunde. Ich will es so.«
Sie standen alle auf, weil es ein feierlicher Augenblick war. Die Hand schütteln konnten sie ihm nicht, also machten alle vier eine kleine Verbeugung oder eigentlich mehrere. Und das sah so komisch aus, daß sie kichern mußten. Damit war der Bann gebrochen.
»Und wie bringen wir es nach Hause?« fragte Julia.
Eine Tasche hatten sie natürlich nicht, aber Sabine dachte gleich an ihre Strickjacke unter dem Anorak, darin könnten sie das Glas gut einwickeln.
Titus strich noch einmal zärtlich über die Ornamente, dann war es, als hätte er das Glas auch schon vergessen.
Plötzlich hatte er es sehr eilig. »Ich habe noch etwas entdeckt«, sagte er und zeigte bedeutsam auf einen der beiden Bauwagen.
»Ein Fund in der Baubude?« witzelte Leo.
Aber Titus überhörte diese Bemerkung. Er winkte ihnen, ihm zu folgen.
Nachdem Sabine und Julia das Bündel hinter ein Wagenrad geschoben hatten, stiegen sie wie die anderen die kleine Treppe zum Wagen hoch. Titus stieß die Tür auf. Erwartungsvoll streckten sie die Köpfe vor und sahen nichts Besonderes, nur eine Holzbank, einen Holztisch, einen Propangaskocher und ein paar Töpfe, Arbeitskleidung und einige Werkzeuge. Titus zeigte auf den Kocher und machte dazu ein Gesicht, als führe er ihnen das Colosseum vor. »Es ist wie ein Feuer«, sagte er bedeutungsvoll. »Ich habe gesehen, daß sie darauf kochen.«

Blitzmerker, dachte Leo, sprach es aber nicht aus, denn woher sollte Titus einen Gaskocher kennen? Trotzdem konnten sie ihm nicht den Gefallen tun und den Kocher für eine aufregende Entdeckung halten. Sie machten höfliche Gesichter, sie wollten Titus nicht kränken. Der schüttelte über so viel Begriffsstutzigkeit den Kopf: »Ich möchte euch einladen, ich habe gesehen, daß euch diese Sache ›schwimmend gebacken in Fett‹ so gut geschmeckt hat. Vielleicht würde euch das, was ich bei uns im Rasthaus mit meinem Vater gekocht habe, auch gut gefallen.«
Zum zweitenmal an diesem Nachmittag blieb ihnen nichts anderes übrig, als Titus anzustaunen. Der freute sich über ihre Verblüffung und sagte eifrig: »Ihr müßt bitte nur die Zutaten bis zum nächsten Mal besorgen, nämlich ein Hähnchen, Kürbis, Jerichodatteln, ein Weißbrot und Milch, Honig, Mehl, Essig und Öl, Salz und Pinienkerne und zum Würzen Koriander, Minze, Raute, Pfeffer, Kümmel, Asant, Garum und Defrutum.«
Er machte eine winzige Pause. »Eigentlich brauchte man auch eine Prise Laserpicium, aber das lassen wir lieber, glaube ich.«
Sie waren so verblüfft, daß sie gar nicht auf die Idee kamen zu fragen, woher sie das alles bekommen sollten. Sie hatten ja noch nicht mal einen Zettel bei sich. Titus strahlte die Autorität eines Oberküchenmeisters aus, und sie saßen wie die kleinsten Lehrlinge vor ihm auf der Wagentreppe und teilten die Zutaten, die sie sich merken mußten, unter sich auf.
Plötzlich hörten sie ein Geräusch. Das war nicht der Wind, es war ein Tappen und Knarren und dann sogar Bellen. Sie erstarrten. Titus war verschwunden. Wie vom

Erdboden verschluckt. Das Geräusch kam näher. Schwerfällige Schritte. Die Kinder saßen schreckensstarr auf der Treppe. Jetzt hechelte es ganz nah. Und dann stand da ein Mann mit einem großen Hund. Als er sich mit einem raschen Blick vergewissert hatte, daß die Kinder allein waren, herrschte er sie auch schon an. »Was habt ihr hier zu suchen, und woher kommt ihr überhaupt?« Der Mann sah ziemlich jung aus, trug einen dikken Mantel und eine Schirmmütze, dazu Stiefel. Wie ein Förster sieht er nicht aus, dachte Sven. Aber warum schleicht er hier herum?
»Also, was wollt ihr hier?« wiederholte der Mann und blieb breitbeinig vor ihnen stehen.
»Wir waren hier ... wir waren eben hier, weil wir uns für die Römer interessieren«, stotterte Julia, um überhaupt etwas zu sagen.
Bei dem Wort »Römer« horchte der Mann auf, oder bildeten sie sich das ein? Jetzt lachte er dröhnend. »Da müßt ihr oben ins Museum gehen, hier gibt's keine Römer!«
Du ahnst ja nicht, wie sehr du dich irrst, dachte Sven. Aber daß sie es besser wußten als er, nützte den Kindern im Augenblick gar nichts. Denn der Mann blieb stehen, wie angewurzelt. Er hielt den Hund kurz an der Leine, und der dribbelte und jaulte und spielte verrückt.
Alle vier hatten den gleichen Gedanken. Wie konnten sie ihr Bündel aufnehmen und damit verschwinden, ohne den Mann darauf aufmerksam zu machen?
»Na, wird's bald?« Die Stimme des Mannes wurde jetzt schärfer.
Da begann Sabine hin und her zu hampeln, sah den Mann kläglich an und sagte: »Ich muß mal, bitte!«

»Na und?« sagte der Mann. »Der Wald ist doch wohl groß genug für dich, oder?«
»Ja«, hauchte Sabine und flitzte auch schon um den Wagen. Die anderen blieben stehen, als könnten sie damit den Mann festhalten, und Julia fragte sanft: »Wie heißt er?«
»Wer?«
»Na, der Hund natürlich.« Nach der Rasse fragte sie lieber erst gar nicht, denn man sah sofort, daß er keine hatte. Der Mann murmelte Unverständliches.
Sabine mußte jetzt eigentlich das Päckchen genommen haben, es wurde höchste Zeit zu verschwinden.
»Also dann, auf Wiedersehen«, flötete Julia höflich. Wie auf Kommando drehten sie sich um und schoben sich an den Wagen entlang, langsam, dann immer schneller. Sabine, die auf sie gewartet hatte, preßte das Bündel vorsichtig an den Bauch und ging vor ihnen her. So konnte der Mann nicht sehen, daß sie etwas trug. Erst als sie an der Bushaltestelle angelangt waren, wagten sie, sich umzudrehen. Sie konnten den Mann immer noch erkennen. Er stand jetzt, den Hund dicht neben sich, oben an der Straße und sah ihnen nach.

Niemals vorher hatten sie sich in einem Autobus so geborgen gefühlt. Sabine hielt das Bündel auf dem Schoß, so vorsichtig wie ein Dutzend unverpackter Eier.
»Mußtest du wirklich gerade?« fragte Sven leise.
Sabine lachte nur.
»So eine Klasse-Idee hat er dir eben nicht zugetraut«, meinte Leo.
Julia dachte noch immer an den Mann. »Der hat vielleicht

etwas gesucht und wollte uns nur weghaben«, sagte sie. »Denn es ging den ja überhaupt nichts an, daß wir dort waren.«

»So ein Idiot«, schimpfte Sabine. »Nur weil der kam, mußte Titus verschwinden. Und außerdem hab ich das Zeug vergessen, was wir mitbringen sollten. Wißt ihr das noch?«

Gemeinsam versuchten sie sich an die Zutaten für die römische Mahlzeit à la Titus zu erinnern. Damit es leichter war, die vielen Dinge zu behalten, sollte Julia Fleisch und Gemüse übernehmen, Sven das lateinische Zeug, Sabine die Gewürze und Leo das Übrige. Allerdings stieß Julia noch einmal alles um, weil sie behauptete, schon bei dem Gedanken an Kürbis werde ihr schlecht, und wenn niemand mit ihr tauschen würde, wäre ihr tagelang übel. Also übernahm Sabine Fleisch und Gemüse und Julia die Gewürze.

Sabine sollte das Glas mit nach Hause nehmen, darüber waren sie sich schnell einig. Schließlich war es ja ihre Jakke, in die sie es eingewickelt hatten. Aber sie mußte ihnen versprechen, mit niemandem darüber zu reden und es an einem sicheren Platz zu verstecken. Julia, Sven und Leo kamen bis an die Haustür mit und warteten, bis Sabine im Windfang verschwunden war. Dann gingen sie beruhigt nach Hause.

Sie ahnten nicht, daß ihnen die aufregendste Woche des Jahres, wenn nicht ihrer ganzen Schulzeit bevorstand.

Zehntes Kapitel

Zwei seltsame Typen

Es fing eigentlich schon damit an, daß Sabine sich noch am Abend Gedanken über das Geld machte. Das Geld nämlich, das sie für die Einkäufe brauchen würde. Es war zwar ausgemacht, daß sie die Summe durch vier teilten, aber auch den vierten Teil mußte ja jeder erst mal haben. Sabine gab ihr Taschengeld immer sehr schnell aus. Deshalb waren ihre privaten Ersparnisse gleich Null. Aber sie hatte drei ältere Brüder. Das empfand sie manchmal als Katastrophe, manchmal als Glück. Wenn sie in Geldverlegenheiten war, stellte es sich meistens als ganz vorteilhaft heraus. Sie überlegte also, wen sie diesmal anpumpen könnte. Bei Joachim hatte sie noch Schulden, den konnte sie also nicht fragen. Zu Jürgen waren die Beziehungen seit vorgestern leicht gespannt, weil sie ihm angeblich ein Schwachstromkabel zerrissen hatte. Blieb also nur Peter, der älteste. Der war ohnehin am besten bei Kasse, denn er hatte in den Winterferien gejobt und sparte für ein Moped. Aber diesmal klappte es nicht auf Anhieb, denn als Sabine ihn fragte »Peheter, könntest du mir vielleicht kurzfristig etwas leihen?« reagierte er nicht nur abweisend, sondern wollte ihr obendrein noch einen Vortrag über den Sinn der Sparsamkeit halten.

Da wurde Sabine wütend. Wut tötet den Verstand, pflegte ihr Vater zu sagen, wenn seine drei Söhne aus irgendeinem läppischen Grund aufeinander losgingen. Das stimmte leider. Denn um Peter zu reizen, sagte sie etwas,

das schlimme Folgen hatte. »Schade, ich könnte dir etwas zeigen, da bliebe dir die Spucke weg.« Und als Peter sie auch noch von oben herab behandelte und sagte: »Was kannst du mir schon zeigen?« sagte sie schnippisch: »Schon mal was von Funden aus der Römerzeit gehört?«, machte auf dem Absatz kehrt und verließ sein Zimmer.
Es dauerte natürlich nicht lange, und Peter kam ihr nach. Denn er lebte nicht umsonst in der Nähe eines Römerkastells und hatte außerdem oft genug in der Zeitung von den überraschenden Funden bei Bauarbeiten gelesen. Er spürte sofort, daß an der Behauptung seiner Schwester was dran sein könnte. Und er wußte auch, daß es dabei um handfeste Werte ging, um Geld.
»Also, was willst du mir zeigen?« bohrte er und sagte ganz beiläufig: »Das Geld leih ich dir natürlich.«
Sabine hatte ihre Bemerkung längst bereut. Ihr Herz begann zu klopfen. Sie tat, als wäre ihr im Augenblick nichts wichtiger, als die Muster an ihrem Strickzeug abzumessen.
»Ach, laß nur«, murmelte sie, und noch leiser: »Was sollte ich dir denn schon zeigen?«
Peter ließ nicht mehr locker. »Tu endlich das Zeug weg, und zeig schon her, was du hast!«
Sabine wurde es heiß. Sie bemühte sich krampfhaft, nicht an Sven, Julia und Leo zu denken. Was würden die sagen, wenn sie erführen, daß sie ihr Geheimnis verraten hatte? Aber Peter war schließlich ihr Bruder. Und wie oft hatte er ihr schon geholfen. Was wäre, wenn er ihr Zimmer durchsuchte, während sie nicht zu Hause war? Dann konnte sie ja auch nichts machen, dachte sie, um sich selbst zu beruhigen.

»Aber du sagst es keinem weiter?« bat sie schließlich.
»Natürlich nicht.«
Sabine zog vorsichtig einen Karton unter ihrem Bett hervor und klappte ihn auf. Vor ihnen stand mattschimmernd die Schale des Präfekten. Ein bißchen Erde, die noch daran gewesen und nun trocken geworden war, lag bröckelig daneben.
Peter pfiff durch die Zähne: »Ich werd verrückt! Wo hast du denn die her?«
»Na, aus dem Wald oben.«
»Hast du die etwa geklaut?«
»Du spinnst wohl, wir klauen doch nichts!« Sabine war beleidigt. »Da sind ja schließlich überall Römergräber gewesen, und der Asche der Toten hat man so etwas mitgegeben.«
Peter lachte spöttisch. »Das brauchst du mir nicht zu erzählen. Aber das Zeug liegt ja heute nicht mehr so rum. Oder? Und wer ist wir?«
»Julia und Leo Scharnitz und sein Freund Sven.«
»Und seit wann habt ihr das?«
»Seit heute. Wir waren heute nachmittag oben.«
»Wo?«
»Bei dem Restaurant, wo gebaut wird.«
Peter nahm die Schale vorsichtig hoch und begutachtete sie von allen Seiten: »Die könnte ungeheuer viel wert sein!«
»Weiß ich.« Sabine wurde es immer unbehaglicher: »Erzähl es nicht weiter«, bat sie noch einmal. »Ich hab doch den anderen versprochen, sie niemandem zu zeigen.« Sie war den Tränen nahe.
»O. k.«, sagte Peter und sah Sabine zu, wie sie das fremd-

artige Gefäß vorsichtig verpackte und es wieder unter ihr Bett schob. Nachdenklich ging er in sein Zimmer zurück.

Sabine lag lange wach. Sie überlegte hin und her, ob sie den anderen beichten oder verschweigen sollte, was sie getan hatte. Ehe sie zu einem Entschluß gekommen war, schlief sie ein.

Am nächsten Morgen wußte Sabine, was sie tun mußte. Sie konnte es kaum noch bis zur ersten Pause aushalten, aber dann sprudelte sie alles heraus.
Die drei anderen guckten erschrocken.
»Mannomann, wie konntest du nur?« fragte Leo. »Und was ist, wenn dein Bruder es überall rumerzählt?«
»Ich weiß nicht ...«, Sabines Stimme zitterte, »überall sicher nicht, er hat es ja versprochen ...«
»Dir kann man aber auch gar nichts anvertrauen ...« Leo schnaubte verächtlich.
»Schimpfen nützt jetzt gar nichts«, sagte Julia nur. »Wir müssen sofort etwas tun. Das Glas muß von Sabine weg, dann ist es einfach nicht mehr da, wenn dein Bruder es jemandem zeigen will. Und wir können ja sagen, er hat es sich eingebildet oder so ähnlich.«
Sabine war überhaupt nicht davon überzeugt, daß sie ihrem Bruder einreden könnte, sich etwas eingebildet zu haben, aber sie war natürlich erleichtert, daß das Glas aus ihrem Zimmer verschwinden sollte. Damit war sie die Verantwortung los. Nach kurzer Beratung entschieden sie, die Schale bei Leo unterzubringen, denn Julia und Sabine wohnten zu dicht nebeneinander, und Peter könnte auf die Idee kommen, bei Julia nachzubohren.

Und im Hochhaus bei Sven gab es für den Notfall keine Möglichkeit, durch einen Kellerausgang oder durch ein Fenster ungesehen zu verschwinden.
Gleich nach der Schule kreuzten alle bei Sabine auf und kamen nach wenigen Minuten mit einer Einkaufstasche wieder aus der Tür. Sie hofften, daß sie niemand beobachtet hatte, als sie dann mit der Tasche in Leos Haus verschwanden.

Peter hatte nicht dichtgehalten. Schon am Abend war er bei seinen Disko-Typen aufgetaucht, wie sein Vater die Knaben nannte, mit denen er hin und wieder herumzog, und hatte mit dem Glas angegeben. Sie reizten ihn oft genug mit ihrem Gerede vom großen Geld und von Superjobs, und er hatte fast neidisch ihre Mopeds betrachtet. Nun wollte er auch einmal den großen Mann spielen, der eine tolle Sache im Hintergrund hatte. Er ahnte nicht, daß einer dabei war, der ihn sofort beim Wort nahm und nicht wieder lockerließ. Er hieß Hugo und erklärte, er habe einen an der Hand, der ganz scharf auf römische Funde sei. Er zahle phantastische Preise, und sie könnten alle daran verdienen, seine Schwester natürlich auch. Er solle ihm das Glas doch wenigstens mal zeigen.
Peter war hin und her gerissen. Der Gedanke an ein Geschäft reizte ihn, aber er schämte sich auch vor Sabine. Eigentlich nur, weil Hugo höhnte, er habe wohl gesponnen und das geheimnisvolle Glas existiere nur in seinem Kopf, hatte er schließlich gesagt, Hugo könne es sich ja am nächsten Tag mal ansehen. Dann war er nach Hause gegangen und hatte gehofft, der andere würde es vielleicht vergessen.

Aber am Mittwochnachmittag – die Tasche war noch keine volle Stunde aus dem Haus – klingelte es, und Hugo stand mit einem anderen, etwas älteren Typ vor der Haustür. Peter hatte den noch nie gesehen.
»Das ist mein Freund Wolf«, sagte Hugo. »Von dem hab ich dir doch gestern abend erzählt. Er versteht was von alten Sachen. Ein kurzer Blick genügt ja, dann weiß er, was mit dem Glas los ist. Vielleicht ist es sowieso nur eine Nachahmung.«
Nachdem er die beiden erst einmal in sein Zimmer gebracht hatte, ging Peter zu Sabine. Mit hochrotem Kopf.
»Ich hätte es wissen sollen«, sagte Sabine verächtlich, als er ihr zu erklären versuchte, was er von ihr wollte. »Aber du hast Pech, das Glas ist nicht mehr da.«
Jetzt ging Peter hoch. Und er glaubte ihr auch nicht. »Du kannst mich doch nicht so blamieren«, brüllte er sie an. Um aber ganz sicherzugehen, fing er an, das Zimmer zu durchsuchen. Er fand natürlich nichts, und es blieb ihm nichts anderes übrig, als das den Typen klarzumachen.
Sabine war mit in Peters Zimmer gekommen und sah sich die beiden neugierig an.
Hugo versuchte es jetzt auf die Onkeltour. »Erzähl doch mal, was du damit gemacht hast«, sagte er sanft.
Aber Sabine war auf der Hut. »Das ist ja wohl ganz allein unsere Sache«, sagte sie schnippisch und machte ein abweisendes Gesicht.
»Unsere?« sagte Hugo wie elektrisiert. »Wer hängt denn da noch drin?«
»Das werd ich euch gerade auf die Nase binden.« Sabine ärgerte sich, daß sie schon wieder einen Fehler gemacht hatte.

Die beiden Typen waren jetzt erst recht sicher, daß es sich lohnen könnte, hier am Ball zu bleiben. Nun machte Wolf den Mund auf, und während er seinen Kaugummi von einer Backentasche in die andere schob, sagte er: »Na, dann besprich das mal in aller Ruhe mit deinen Kumpels. Wenn es ein echtes römisches Glas ist und so gut erhalten, wie dein Bruder behauptet, dann könnte allerhand rausspringen. Sagen wir mal einen *Tausender* für jeden. Klar? Was wollt ihr denn sonst mit dem Ding anfangen?« Nach jedem Wort machte er zslap oder so ähnlich, aber das fand Sabine in diesem Moment nicht einmal komisch.
Sie preßte die Lippen zusammen und guckte auf den Boden. Hugo und Wolf merkten, daß sie im Augenblick nichts mehr erreichen würden, erhoben sich wie ein Mann und verließen wortlos das Zimmer. Wie im Krimi, dachte Sabine.
Peter hatte Glück. Sabine kam nicht mehr dazu, ihm noch mal richtig die Meinung zu sagen, denn in ihrem Zimmer klingelte das Batterietelefon wie verrückt. Julias Worte überstürzten sich: »Bei uns vor der Tür stehen zwei Typen und behaupten, sie sollten sich das Glas bei mir ansehen. Ich wüßte schon Bescheid, weil es doch bei dir nicht mehr wäre. Ich hab gesagt, bei mir gibt es nichts zu sehen, und ich wüßte überhaupt nicht, wovon sie reden. Kommen die von Peter?«
»Moment«, sagte Sabine nur, »wir kommen gleich rüber.« Sie rannten die Treppe hinunter, aus der Tür und prallten fast mit den beiden Typen zusammen, die noch vor dem Haus herumlungerten. Peter baute sich vor ihnen auf: »Damit ihr ganz klar seht«, schrie er sie wütend an, »auf *die* Tour nicht!«

Hugo und der sogenannte Wolf grinsten. »O. k., o. k., ist ja schon gut. Wir wollen euch ja nicht zu eurem Glück zwingen«, sagte Hugo. »Aber überlegt's euch.«
Dann schwang er sich aufs Moped, Wolf klemmte sich hinter ihn, und sie knatterten davon.
Julia kam aufgeregt auf Sabine und Peter zu: »Woher wußten die überhaupt was von mir?« fragte sie.
Peter wurde verlegen. »Na ja«, sagte er gedehnt, »an dem Abend habe ich wohl ein bißchen viel geredet ...«
»Und ich«, sagte Sabine, »hab mich leider verplappert. Ich hab von ›uns‹ geredet, und da haben die eben kombiniert.«
»Mensch«, sagte Julia, »wir können jetzt nicht genug aufpassen, denn die spionieren uns ja schon richtig nach. Wir gehen zu mir. Wir müssen sofort Sven und Leo anrufen.«
Sie hatten die Türklinke schon in der Hand, als Peter ihnen noch nachrief: »Und wenn?«
»Was, und wenn?«
»Und wenn ihr es ihnen verkauft? Ist ja schließlich kein Verbrechen. Ihr habt es gefunden, und er hat doch recht, was wollt ihr schon damit anfangen, zu viert!«
Dieser Satz machte den Kindern in den nächsten Tagen viel zu schaffen.

Bei Leo meldete sich niemand am Telefon, aber Sven war zu Hause und begriff sofort, daß Leo gewarnt werden mußte. Auf keinen Fall durfte er von den beiden Typen überrumpelt werden. Zu blöd, daß er nicht da war. Würde nicht einer von ihnen die beiden auf die richtige Spur lenken, wenn sie versuchten, ihm eine Nachricht zu bringen? Wußten die überhaupt schon, wer zu ihrer Clique gehörte? Sven wurde nervös, weil seine Mutter im Hintergrund zum drittenmal eine »Du-sollst-doch-nicht-dauernd-das-Telefon-blockieren«-Bemerkung machte. »Ich muß auflegen«, sagte er.

»Gut, wir lassen uns was einfallen und melden uns noch mal«, versprach Julia.

Julia und Sabine setzten sich zusammen und schrieben einen Brief auf harmlosem rosa Papier.

Lieber Leo!

Betrifft die Sache vom Präfekten und der Schwester. Es waren Leute da, die sie sehen wollen. Schuld von Peter (!!!). Niemand ranlassen. Nicht zur Wohnung von S., J. und S. gehen. Brief vernichten. Treffpunkt morgen Schulhof. S. und J.

Den Brief steckten sie in einen harmlosen rosa Umschlag und klebten ihn fest zu. Mit Druckbuchstaben malten sie säuberlich AN LEO PERSÖNLICH EILT SEHR darauf.

»Ich hab eine Idee«, sagte Julia. »Wenn große Brüder schon bescheuert sind, vielleicht sind wenigstens kleine Brüder zu gebrauchen.«

Und mit ungewöhnlich freundlicher Stimme rief sie durchs Haus: »Tobihi, wo steckst du?«

Keine Antwort. Sie fanden ihn vor dem Fernseher. »Tobi«, flötete Julia sanft, »du könntest mir einen riesengroßen Gefallen tun und diesen Brief bei Leo Scharnitz in den Briefkasten werfen. Kriegst auch was.«

»Den Bleistift mit dem Biene-Maja-Willy?« kam es wie aus der Pistole geschossen.

»Auch das, wenn's sein muß.«

»Aber da muß ich mich ja erst anziehen.«
»Mußt nicht, aber dann kriegst du auch den Stift nicht.«
Julia war heute unendlich geduldig.
»Also gut, gib her!«
»Und paß auf, daß dich niemand dabei sieht, und versprich, daß du den Brief nur in den Kasten tust. Schwöre!«
Tobi leckte die Fingerspitzen von Daumen, Zeige- und Mittelfinger an, legte sie auf die Brust und war auch schon weg. Er rannte nach oben, um sich anzuziehen. Und dann dauerte es nur wenige Minuten, als er außer Atem wieder ins Zimmer gestürzt kam. »Alles klar, eingesteckt und niemanden getroffen«, meldete er, kassierte den Bleistift und zog ab. Aus gebührender Entfernung drehte er sich noch mal um und sagte kichernd: »Julia liebt Leo, hihi!«
Die beiden Mädchen lächelten nur milde. Sollte er das ruhig denken. Dann riefen sie Sven an und berichteten ihm alles.
»Ihr seid Klasse, echt«, sagte er anerkennend, hängte aber gleich wieder auf, weil seine Mutter im Hintergrund mahnte.
Julia und Sabine waren mit sich zufrieden. Manchmal hatten Mädchen doch die besseren Einfälle als Jungen!

Elftes Kapitel

Es wird ernst

Am Donnerstagmorgen schrieb Leos Klasse eine Biologiearbeit, unvorbereitet: »Ausführliche Darstellung der Entwicklung des braunen Grasfrosches«.

Die große Pause hatte längst begonnen, als Leo endlich auf dem Schulhof erschien.

»Mann, endlich! Wir dachten schon, du kommst überhaupt nicht«, sagte Sven erleichtert.

Leo kam sofort zur Sache. »Was ist denn eigentlich los?« fragte er. Er hatte den Brief gelesen, als er spät am Abend mit seinen Eltern aus der Stadt zurückgekommen war und nicht mehr anrufen konnte. Die drei erzählten ihm, was passiert war.

Zu ihrer Verblüffung reagierte Leo ganz anders, als sie erwartet hatten.

»Warum sollen wir nicht verkaufen? Was meint ihr?« fragte er rundheraus. Daran gedacht hatten sie inzwischen alle heimlich schon einmal. Aber Leo war der erste, der es aussprach.

»Tausend für jeden? Das wär doch einfach Klasse!« Leo tat ganz lässig. »Warum sagt ihr nichts?«

»Ich weiß nicht«, fing schließlich Sven zögernd an, »an Verkaufen habe ich eigentlich nicht gedacht. Ob das Titus recht wäre?«

Der Gedanke an Titus bremste erst einmal Leos Wunschtraum. »Aber durch vier können wir ja das Glas nicht teilen«, gab er zu bedenken.

»Wenn es um so viel Geld ginge, müßten wir unseren Eltern alles erzählen. Und wie soll das gehen, mit Titus und so?« überlegte Sven. »Aber tausend Mark, für jeden? Mann, was man damit alles machen könnte!«
»Ob man den Typen überhaupt trauen kann, das ist auch noch die Frage«, sagte Sabine gerade, da blieb ihr der Mund offenstehen. »Dreht euch nicht um«, sagte sie leise. »Rührt euch nicht. Ich werd verrückt!« Sie kniff die Augen zusammen und starrte auf die Straße.
Der Schulhof war nicht wie bei alten Schulen durch eine Mauer zur Straße abgegrenzt, nur eine halbhohe immergrüne Hecke trennte ihn von dem parallel laufenden Fußweg, so daß beide, Weg und Straße, gut zu übersehen waren.
»Was ist denn?« fragte Sven.
»Geht ein Stück zurück zwischen die anderen Kinder, damit man uns nicht erkennt«, flüsterte Sabine aufgeregt. »Und dann guckt euch erst um.«
Von einem Auto halb verdeckt, standen auf der gegenüberliegenden Straßenseite Hugo und Wolf. Sie redeten heftig mit einem Mann im dicken Wintermantel. Es war der Mann vom Bauwagen am Kastell!
»Mannomann, der mit dem Hund, bloß diesmal ohne Hund!« stieß Leo hervor. »Und wer sind die Jungs?«
»Das sind die beiden Typen, genau die, die bei uns waren«, zischelte Sabine, »und was meinst du, auf wen die warten? Auf uns nämlich!«
»Ich hab Angst«, sagte Julia. »Ich glaub, der Mann hat schon an der Baustelle gedacht, wir hätten was gefunden. Und wenn unser Glas tatsächlich so wertvoll ist, wer weiß, was die noch mit uns vorhaben.«

»Wir müssen sie abhängen, wenn wir nach Hause fahren. Sie dürfen nicht herauskriegen, wo Leo und ich wohnen. Jeder nimmt einen anderen Bus«, bestimmte Sven.
Da schrillte die Schulklingel, und sie mußten in die Klassen zurück.
Am Mittag stand niemand vor dem Schultor, nur die üblichen Autos, mit denen Kinder von auswärts abgeholt wurden. Ein älterer Mann spazierte mit seinem Hund vorbei, aber das war ein dünnbeiniger frierender Rehpinscher, und der Mann glich auch nicht im entferntesten ihrem Bekannten aus dem Wald. Keine Gefahr also. Trotzdem fuhren die vier getrennt nach Hause, als hätten sie überhaupt nichts miteinander zu tun.
Wenig später bog Leo pfeifend in seine Straße ein. Da sah er vor seinem Haus einen der beiden Disko-Knaben vom Vormittag. Er hockte auf seinem Moped. Leo zögerte nur eine Sekunde, wollte an ihm vorbei ins Haus. Aber der Typ streckte sein eines Bein so in die Höhe, daß es wie eine Schranke war, gegen die Leo prallte.
»He! Du gehörst doch auch zu den glücklichen Findern?« fragte der Junge und ließ seinen Kaugummi von einer Backentasche in die andere wandern.
»Wieso? Was meinst du denn?« stotterte Leo. »Wer bist du überhaupt?« Aber der Kaugummikauer schnitt ihm brüsk das Wort ab: »Red keinen Quark und hör zu! Du hast doch von unserm Angebot gehört, und das gilt. Das kannst du deinen Freunden sagen. Aber ... wenn ihr euch partout nicht von dem Zeug trennen wollt, können wir die Sache ja auch mal anders herum betrachten. Was meinst du zum Beispiel, wenn man euern schönen Fund als Diebstahl bezeichnet? Schließlich gehört das ganze Ge-

lände da oben der Stadt und die Baustelle allemal. Ich kann mir jedenfalls vorstellen, daß es Leute gibt, die sich dafür brennend interessieren.« Er ließ sein Bein sinken, und Leo stolperte, ohne noch ein Wort zu sagen, ins Haus.

Leo ärgerte sich. Es wurmte ihn, daß der Knilch ihn so hatte ins Bockshorn jagen können, daß ihm im entscheidenden Moment nicht mal eine passende Antwort eingefallen war. Warum hab ich mich bloß wie ein verschüchterter Erstkläßler benommen? dachte er.

Er rief Sven an, dann Julia und Sabine. »Stellt euch vor, die wollen uns jetzt auch noch erpressen! Von Diebstahl reden sie. Wenn die wüßten! Die müssen uns ja für doof halten, wenn die glauben, daß wir darauf reinfallen. Sie wollen nur selbst an das Glas ran!«

Aber alles Reden täuschte nicht darüber hinweg, daß sie sich immer unbehaglicher fühlten. Der Nachmittag wurde ihnen lang, und allen ging es ähnlich. Sie verschrieben und verrechneten sich, und alle dachten an dasselbe. Ihnen ging das Glas im Kopf herum. Und was viel schlimmer war, die verlockenden und drohenden Sätze der beiden Typen hatten sich bei ihnen festgesetzt.

Am Abend trafen sie sich kurz bei Sven im Hausflur.

»Nicht wissen, wie man sich entscheiden soll, ist das Allerblödeste«, stöhnte Sabine.

»Von wegen Diebstahl«, Leo konnte sich gar nicht beruhigen, »wir haben es ja nicht mal gefunden, sondern sogar geschenkt bekommen.«

»Und wie willst du das mit Titus jemandem klarmachen?« fragte Sven.

»Ach, Titus ...«, seufzte Julia, »alles haben diese Idioten

kaputtgemacht. Die mit ihrem Geld und dem ganzen Mist. Ich wünschte, alles wäre wieder so wie vorher!«
»Am schönsten, wenn er mit dem Laserpicium alles auslöschen könnte!« Sabine redete jetzt mit Feuereifer. »Er müßte machen, daß die Typen völlig vergessen, daß sie jemals was von dem Glas gehört haben!«
»Das wäre die Lösung!« rief Leo. Sie lachten alle, redeten durcheinander. Bis Julia auf einmal nachdenklich sagte: »Ich weiß nicht, ich glaube, auf die Dauer ist Zauberei auch keine Lösung. Und bei wem sollte das Glas überhaupt bleiben?«
Ratlos schwiegen sie.
»Wenn man wüßte, was Titus am liebsten wäre ...« Sven redete nicht weiter.
»Bestimmt nicht, daß sich irgendein stockfremder, reicher Typ das Glas in seiner Villa anguckt oder auf Partys damit angibt«, meinte Julia entschieden.
Das fanden die anderen auch, aber keiner hatte eine Idee, was sie tun könnten, um diese lästigen Typen wieder loszuwerden.

Am nächsten Morgen wartete Julia vor der Klasse, um Sven noch vor der ersten Stunde abzufangen. Sie hatte bei Sabine geklingelt, um sie zur Schule abzuholen. Aber die war schon einen Bus früher gefahren. Und ausgerechnet heute kam Sven zu spät. Alle saßen schon auf ihren Plätzen, als er sich mit einer gemurmelten Entschuldigung auf seinen Stuhl drückte.
Julia hielt es nicht mehr aus. Sie mußte endlich loswerden, was sie sich nachts überlegt hatte. Sie schrieb einen Zettel:

Ich finde, weil Es von der Schwester ist, gehört Es in die Nähe des Dorfes. Auch wenn es schwerfällt!

Obwohl auf dem zusammengefalteten Zettel dick und fett AN SVEN stand, las ihn Dirk Adelmann, als er an ihm vorbeigegeben wurde. Und weil er kein Wort kapierte, hatte er auch noch die Frechheit, sich umzudrehen und Julia einen Vogel zu zeigen. Aber er leitete den Zettel wenigstens weiter. Julia schrieb einen zweiten Brief:

AN DIRK

Wer das Briefgeheimnis bricht, ist ein Schuft!

Und als sie ausgerechnet in diesem Augenblick aufgerufen wurde, hatte sie natürlich nicht die leiseste Ahnung, wovon gerade die Rede war. Und natürlich war die Folge ein Minusstrich. Aber das störte sie nicht. Der Zettel, der von Sven zurückkam, war ihr wichtiger. Darauf stand:

Hab ich auch schon gedacht!

Ausgerechnet in der großen Pause regnete es. Das bedeutete, man konnte nicht auf den Hof. Sven und Julia stürmten sofort aus der Klasse und quetschten sich durch das Gedrängel in den Gängen, um zu Leo und Sabine zu kommen. Sie trafen beide auf der Treppe.

»Also, wir haben eine Idee ...«, sprudelte Julia los.

»Wir auch«, unterbrach Sabine sie sofort.

Und dann stellten sie fest, daß sie alle, als sie nachts nicht schlafen konnten, zu dem gleichen Entschluß gekommen waren: Das Glas gehörte dorthin, wo es vor zweitausend Jahren gewesen war. Und weil es das Kastelldorf nicht mehr gab, mußte es eben ins Museum des Kastells. Das war einfach logisch. Sie fanden es toll, daß jeder für sich in seinem Bett dasselbe gedacht hatte, einfach toll. Und Sabine kicherte: »Vielleicht hat doch das Laserpicium ...?«

Als sie mittags nach der Schule aus dem Bus stiegen, merkten sie gleich, daß sie beobachtet wurden. Gegenüber der Haltestelle lehnte an einem hellgrünen Auto der Kaugummiknilch, der sich Wolf nannte. Und als sie genauer hinsahen, erkannten sie am Steuer den Bauwagenmann mit dem dicken Wintermantel.

»Kommt noch eben mit zu mir«, flüsterte Sven. Und dann standen sie wieder bedrückt und ratlos in der Ecke des Hochhausflures wie am Abend vorher. Nur hatten sie es jetzt auch noch eilig, denn zu Hause wartete man natürlich mit dem Mittagessen.

»Wir kommen mit dem Ding nicht raus zum Museum«, stieß Sven hervor. »Die knöpfen uns das glatt auf dem Weg dahin ab!«

»Die schrecken vor nichts zurück, die warten ja nur darauf, daß wir uns damit auf der Straße sehen lassen«, jammerte Leo.

Und Sabine hüpfte hin und her und schlug nervös die Fäuste aneinander: »Uns muß was einfallen, uns muß was einfallen!«

Diesmal hatte Sven den Geistesblitz des Tages.

»Gino«, rief er so laut und plötzlich, daß die drei andern zusammenzuckten. »Einer muß das Glas aus Leos Zimmer holen, und es muß jemand sein, den die noch nicht mit uns zusammen gesehen haben. Ich finde, Gino wäre dafür Spitze.«

»Wenn sie ihn aber reingehen sehen und dann mit einem Paket wieder raus«, sagte Sabine nachdenklich, »werden die schon wissen, was los ist.«

Sie überlegten laut, ob es nicht vielleicht besser wäre, Gino zu verkleiden. Einer übertraf den andern mit komischen Vorschlägen, wie man Gino ins Haus schicken könnte. Sie waren bei Gasableser und Schornsteinfeger angekommen, als sie wieder ernst wurden. Gino mußte natürlich als Gino losgeschickt werden.
»Dazu muß Sven ihn erst mal überreden«, sagte Leo. »Alles andere übernehme ich.«
»Einverstanden«, sagte Sven. »Aber jetzt muß ich nach oben« und drückte auf den Liftknopf. Die andern drei gingen betont langsam an dem grünen Auto vorbei nach Hause. Sie hatten jetzt keine Angst mehr.

Zwölftes Kapitel

Die große List

Am frühen Nachmittag schlenderte ein Junge im orangefarbenen Anorak die stille Seitenstraße entlang, die parallel zu der Straße lag, wo Leo wohnte. Er ging, als hätte er kein bestimmtes Ziel, trödelte nur so herum und kickte Steinchen vor sich her. Dann blieb er stehen, wandte sich um, ging zu einer Haustür und klingelte. Er wurde sofort hereingelassen, als hätte man ihn schon erwartet. Das Haus gehörte einer alten Dame, und niemand hätte vermutet, daß die Atriumhofmauer des Hauses, in dem Leo wohnte, an den Garten der alten Dame stieß. Leo hatte gleich nach dem Mittagessen mit ihr gesprochen. Fast wahrheitsgemäß hatte er ihr erklärt, daß sein italienischer Freund Schwierigkeiten mit zwei gräßlichen Typen hätte, die ihm auflauerten. Und daß er seinen Freund am Nachmittag dringend brauche, die beiden aber nicht wissen dürften, daß er mit ihm zusammenstecke. Die alte Dame hatte das alles nicht so genau verstanden. Aber es erinnerte sie an die Zeit, als ihre eigenen Kinder klein waren, und sie wollte auch diesen Kindern das Spiel nicht verderben. Vielleicht wollte sie Leo auch einen Gefallen tun, weil er ihr oft Besorgungen abgenommen hatte. Jedenfalls hatte sie zugestimmt, daß Gino durch ihr Haus gehen durfte.

Als Gino jetzt erschien, sagte sie nur: »Zur Dauereinrichtung kann das aber nicht werden, mein Junge«, und Gino nickte strahlend. Das lange, unbekannte Wort hatte er

sowieso nicht verstanden. Auf der anderen Seite der Mauer stand schon Leo mit der großen Küchenleiter und half Gino herüber.
Wenig später verließ Leo mit einer großen Tasche das Haus. Zur selben Zeit hatten sich auch Julia, Sven und Sabine auf den Weg gemacht, auch sie mit einer großen Tasche, die die beiden Mädchen trugen. Sie trafen sich an der Ecke und gingen in Richtung der Haltestelle, von der der Bus zum Kastell abfuhr. Sie waren ziemlich aufgeregt, und das Herz klopfte ihnen bis zum Halse.
Der Junge im orangefarbenen Anorak, jetzt mit einer großen Schulmappe auf dem Rücken, trat aus Leos Haus heraus. Er zog die Haustür sorgfältig hinter sich zu und verschwand schnell in Richtung Stadt.
Der Weg zur Bushaltestelle kam den vier Kindern endlos vor. Sie wollten reden, sich ablenken, aber vor Aufregung brachten sie keinen Ton heraus. Sabine wagte einen kurzen Blick nach hinten. Da waren sie wieder. In einem Abstand von etwa dreißig Metern folgte ihnen langsam das grüne Auto.
»Sie kommen«, flüsterte Sabine, und auf den Gesichtern der Kinder erschien ein winziges Lächeln. Aber es verwandelte sich schnell in Erschrecken, denn plötzlich war das Auto neben ihnen. Der Typ mit Namen Wolf sprang heraus, riß mit einem schnellen, harten Griff den beiden Mädchen die Tasche aus der Hand. Die Mädchen schrieen, aber es war keiner da, der ihnen helfen konnte. Dieser Teil der Straße war menschenleer. Julia und Sabine warfen sich auf den großen Jungen, hängten sich an den Jakkenärmel, zerrten an der Tasche. Aber schon war Hugo da, schlug Sabine auf den Arm, so daß sie mit einem

Schmerzenslaut losließ. Wolf trat Julia heftig gegen das Bein, sie taumelte und hatte Mühe, sich aufrecht zu halten und nicht in den Straßenmatsch zu fallen.
Sven und Leo liefen, wie verabredet, weiter. Sie durften den Mädchen nicht helfen, so war es ausgemacht. Und Julia schrie ihnen nach: »Haut doch ab, lauft!«
Inzwischen hatte sich Wolf über die Tasche hergemacht und den Reißverschluß aufgerissen, und was er herauszog, waren ein paar alte Bücher und verwaschene Pullover. Sein Gesicht verzerrte sich vor Wut: »Na, wartet, ihr Kröten«, zischte er durch die Zähne, »euch kriegen wir noch!« Und er schmiß die Tasche aufs Pflaster, sprang mit Hugo ins Auto und fuhr hinter den Jungen her. Aber die hatten inzwischen die belebte Hauptstraße erreicht.
An der Bushaltestelle warteten sie auf die Mädchen. Sabine weinte fast. »Daß die gleich so zuhauen müssen! Diesem Knallkopf von Peter sag ich vielleicht Bescheid, solche Bekannten zu haben!«
Aber Julia sagte zufrieden: »Teil eins hat erst mal geklappt, das ist die Hauptsache. An alle Taschen zugleich können sie eben nicht ran.«
Jetzt sahen sie wieder das grüne Auto, aber niemand stieg aus.
Immer mehr Leute sammelten sich an. Die schimpften: »... eine Unverschämtheit ... schon wieder einer ausgefallen ... bei dem Wetter hier herumstehen zu müssen ... gestern auch schon einer ...«
Julia packte Sven am Arm: »Wenn Gino jetzt ...« Sie dachten alle dasselbe. Alles hing davon ab, ob Gino kapierte, daß er jetzt einen späteren Bus nehmen mußte. Denn der Plan war gewesen, getrennt zum Kastell zu fah-

ren: Sie wollten die Aufmerksamkeit der Verfolger auf sich lenken, und es würde niemandem auffallen, wenn Gino dann etwas später mit seiner Schulmappe auf dem Rücken ins Kastell spazierte. Wie hypnotisiert starrten die vier in die Richtung, aus der sie den Bus erwarteten. Endlich kam er und hielt. Das runde Gesicht von Gino war nirgends zu sehen. Er hatte es also kapiert und wartete auf den nächsten. Erleichtert sprangen sie hinein. Der Bus fuhr an, und sie entdeckten, daß der grüne Wagen ihnen wieder folgte. Sie lehnten sich zufrieden in den Sitzen zurück und kicherten.

»Hui!« Das war Gino. Es traf sie fast der Schlag. Er hatte sich hinter einer Sitzbank versteckt und war jetzt hochgesprungen. Als er ihre entsetzten Gesichter sah, sagte er erschrocken: »Was ist? Nicht gut?«

Jetzt war das passiert, was sie hatten vermeiden wollen. Sie würden nun zusammen aus demselben Bus steigen, und Ginos Ranzen konnte für die Typen genauso verdächtig sein wie ihre Taschen.

Leo fauchte: »Idiot!«

»Laß doch, er kann doch nichts dafür«, sagte Sven niedergeschlagen. »Hätte dir auch passieren können.«

»Da!« Julia zeigte nach draußen.

Das grüne Auto war schneller geworden und überholte sie. Der Dickbemantelte saß am Steuer, und einen Augenblick lang sahen sie die verbissenen Gesichter von Wolf und Hugo. Da war der Wagen auch schon vorbei.

Die Kinder waren jetzt sehr bedrückt.

»Sie werden uns vor dem Kastell abfangen«, sagte Leo düster.

»Wir hätten eben vorher anrufen sollen«, meinte Julia.

Gino machte erschrockene Augen und fragte: »Verkloppen die uns jetzt?«
»Das auch«, sagte Sabine trocken.
Welchen Ausweg gab es jetzt noch für sie? Sie hatten nicht mehr viel Zeit, denn bis zum Kastell gab es nun keine Haltestelle mehr. Sollten sie sitzenbleiben bis zum nächsten Dorf, die Schultasche im Bus stehenlassen, die Gruppen teilen oder den Busfahrer um Hilfe bitten? Sie wußten nicht weiter.
Da passierte das »Wunder«. Die Straße stieg an, es ging in eine Kurve, der Bus wurde ein wenig langsamer. Da sahen sie am Straßenrand auf dem Parkstreifen das grüne Auto stehen. Der, der Wolf hieß, war ausgestiegen und steckte mit dem Kopf unter der geöffneten Motorhaube. Hugo stand daneben und redete wild gestikulierend auf dessen Rücken ein. Die Kinder starrten fassungslos durch die Heckscheibe, bis von der Gruppe nichts mehr zu sehen war. Und dann jubelten sie los.
»So was gibt's doch nicht!« schrien sie durcheinander.
»Das Laserpicium ...?« flüsterte Sabine und schnitt ein Gesicht.
»Und dabei ist nicht mal Dienstag!« sagte Sven.

Die Panne war ihre Rettung. Keine drei Minuten, und der Bus hielt am Kastell. Außer ihnen stieg niemand aus. Auf dem Weg zwischen Haltestelle und Kastell war im sanften Nieselregen keine Menschenseele zu sehen.
Sven trug jetzt die Schulmappe, die anderen schirmten ihn ab. Es war gar nicht so einfach, vorsichtig und schnell zugleich zu laufen.
Der Pförtner lachte erst einmal belustigt, als Sven ihm er-

klärte, sie wollten keine Eintrittskarten, sondern den Direktor sprechen und das bitte möglichst schnell. Weil der Pförtner überhaupt nicht reagierte, sagte Sven, es könne auch der Stellvertreter oder ein anderer Mitarbeiter sein. Aber es sei sehr wichtig und eilig. Sie hätten nämlich etwas aus der Römerzeit gefunden.
Weil es schon hin und wieder mal vorkam, daß Kinder einen Ziegel mit einer Legionsnummer brachten, bequemte sich der Pförtner, erst einmal aufzustehen. Er versperrte das Tor langsam und umständlich mit einer Schranke, stellte ein Schild hinter die Glasscheibe der Pförtnerloge: GEÖFFNET. BITTE KLINGELN! und sagte gönnerhaft: »Na, dann kommt mal mit.«
Im Bürogebäude duftete es angenehm nach Kaffee. Freitagnachmittag. Da lag schon ein Hauch von Wochenende in der Luft. Die beiden Sekretärinnen hatten aufbruchsbereit ihre Handtaschen neben den Schreibmaschinen stehen, und der Direktor packte gerade noch ein paar Bücher ein.
Der Pförtner schob die Kinder vor sich her und sagte augenzwinkernd: »Hier haben Sie wieder mal ein paar Limes-Forscher, die wollen Ihnen was zeigen.«
»Na, dann laßt mal sehen«, sagte der Direktor freundlich und wunderte sich, wie vorsichtig die Kinder die Schulmappe auf den Tisch stellten und behutsam ein Bündel heraushoben.
Sven schlug die Tücher auseinander. Da lag das Glas des Präfekten, mattschimmernd und noch viel schöner, als sie es in Erinnerung hatten. Gespannt beobachteten sie den Direktor. Was würde er jetzt wohl sagen? Gino hatte nur Augen für die Schale. Er hängte sich ungeniert über die

Tischplatte, um aus der Nähe zu betrachten, was er da eigentlich transportiert hatte.
Dem Direktor hatte es die Sprache verschlagen. Er wollte etwas sagen, aber es kam nur ein langes staunendes »Aaahh« heraus und dann natürlich die Frage: »Woher habt ihr das?«, die sie eben nicht beantworten konnten. Inzwischen waren alle Mitarbeiter von dem Pförtner alarmiert, ins Zimmer gestürzt. Sie drängelten sich um das Glas, das vor ihnen auf dem Tisch stand, berührten es ehrfürchtig mit den Fingerspitzen und redeten aufgeregt durcheinander. Die Kinder hatte man völlig vergessen, bis Sven in eine Pause hinein laut und deutlich sagte: »Es ist aus Köln, natürlich aus dem römischen, aus Colonia. Und die Inschrift bedeutet: Mach was aus dem Tag.« Und als ihn alle überrascht anstarrten, setzte er mit einem Schulterzucken hinzu: »Man soll nicht so rumhängen. So etwa.«
Keiner kam auf die Idee zu fragen, woher er mit solcher Bestimmtheit wußte, daß Köln der Herkunftsort war. Denn zumindest die Fachleute hatten auf den ersten Blick gesehen, daß Sven recht hatte und daß eines der schönsten kölnischen Gläser aus der Römerzeit vor ihnen stand. Auch sie wollten natürlich wissen, wo sie das Glas gefunden hatten.
Sven sprach für alle. »Wir interessieren uns für die Römer und sind manchmal im Kastell gewesen. Bei der Baugrube haben wir ein bißchen gespielt und das Glas da entdeckt.« Wo genau, wußte er nicht mehr. Und auf die Frage, ob sie auch Werkzeug benutzt hätten, sagte er »nicht direkt«. Sosehr die Museumsleute auch bohrten, mehr war aus ihm nicht herauszuholen.

Immer, wenn der Museumsdirektor sich später an die Sache mit dem Glas erinnerte, wunderte er sich, daß so aufgeweckte Kinder so wenig imstande gewesen waren, einen Fundort zu beschreiben. Irgendwas stimmte da nicht, dachte er dann. Aber was hätte er tun sollen?
»Sehen Sie«, sagte der Museumsdirektor jetzt zu seinen Mitarbeitern, »*wir* haben nur ein paar behauene Steine gefunden. Vielleicht sollten wir doch noch mal und intensiver suchen, ehe wieder alles zugeschüttet wird, und vor allem sollten wir das Gelände besser absperren. Nicht jeder ist so ehrlich wie unsere kleinen Archäologen hier und bringt einen solchen Schatz ins Museum.«
Die Kinder lächelten etwas gequält. Eigentlich hatten sie ja noch gar nicht gesagt, daß sie das Glas hierlassen wollten.
»Da ist noch was zu klären«, sagte dann auch Leo. »Wir finden es richtig, daß das Glas im Museum bleibt, aber wir möchten, daß es besonders ausgestellt wird, vielleicht unter einem extra Glassturz, und angestrahlt.«
»Oder so«, sagte Julia, »daß die Sonne draufscheinen kann, damit es leuchtet.«
Der Direktor versprach, sein Bestes zu tun.
Dann gab es fast noch eine Panne.
»Titus würde sich freuen ...«, flüsterte Sabine Julia zu.
Das hatte der Direktor mitgekriegt und fragte mißtrauisch: »Was sagst du da? Habt ihr etwa schon mit einem Händler gesprochen?«
Aber Sabine, der Leo kräftig auf den Fuß getreten hatte, sagte verschmitzt: »Wir haben nur von einem Freund geredet, Händler ist der nicht, der ist Küchenjunge.«
Der Direktor schüttelte den Kopf, er war zwar von seinen

eigenen Kindern allerhand gewöhnt. Aber warum diese hier ausgerechnet jetzt von einem Küchenjungen redeten, begriff er wirklich nicht.
Er schrieb sich die Adressen der Kinder auf, denn, so sagte er, sie müßten natürlich in Verbindung bleiben. Er lächelte Gino freundlich an, als der seine Anschrift in der Gartenfeldsiedlung ergänzte: »Aber eigentlich bin ich aus Rom.«
»Vielleicht war schon einer von deinen Vorfahren am Rhein und hat das Glas gemacht!« sagte der Direktor und strich ihm über den schwarzen Schopf. Was Vorfahren waren, verstand Gino natürlich nicht. Das war ein schweres Wort. Er machte also nur ein höfliches Gesicht.
Leo erklärte ihm: »Von deinem Opa der Opa und wieder der Opa undsoweiter.« Das verstand Gino, und er lachte geschmeichelt.
»Es kann übrigens sein, daß ihr eine Belohnung bekommt«, sagte der Direktor noch und verschloß das kostbare Gefäß endlich im Panzerschrank. »Kann jemand die Kinder mit in die Stadt zurücknehmen?« fragte er dann. Und als einer der Assistenten sich sofort bereiterklärte, waren die Kinder froh, denn sie mußten befürchten, daß Hugo und seine Kumpane auf sie warten und sich für die Schlappe rächen würden.
Sie sahen das grüne Auto dann auch auf dem öffentlichen Parkplatz des Kastells stehen, als sie daran vorbeifuhren. Hugo, der Dickbemantelte und Wolf starrten auf die Zufahrt zum Kastell. Sie wandten schnell die Köpfe ab, als sie die Kinder in dem vorbeifahrenden Wagen erkannten. Jetzt hatten sie wohl begriffen, daß für sie nichts mehr zu holen war.

»Ihr habt ja keine Ahnung, was ihr da gefunden habt«, fing der junge Assistent noch einmal an. »Es bleibt ein Rätsel, wie das Gefäß überhaupt hierhergekommen ist. Das war schon damals etwas Besonderes.«
Die Kinder sahen sich an. Das würde er leider niemals erfahren, so sympathisch er ihnen auch war.
»Wir sehen uns noch!« rief er ihnen zu, als er sie in der Siedlung absetzte. »Ganz sicher!«
Gino hatte es auf einmal sehr eilig. »Ich muß jetzt hoch«, sagte er. »Die warten sicher schon auf mich.«
»Klar, du sollst doch keinen Ärger kriegen«, meinte Sabine verständnisvoll.
Aber so sang- und klanglos wollten sie ihn auch nicht abziehen lassen. Sven schüttelte ihm die Hand. »Du hast uns phantastisch geholfen«, sagte er. »Ohne dich hätten die Typen uns zur Minna gemacht!«
»Und wenn es eine Belohnung gibt oder so was, bist du natürlich dabei, o. k.?« rief ihm Leo nach.
»O. k.«, rief Gino strahlend zurück.
»Er sieht Titus wirklich ähnlich«, meinte Sabine, während sie hinter ihm hersah, »nur eben kleiner.«
Da fiel ihnen auf, daß sie an Titus überhaupt nicht mehr gedacht hatten. Sogar oben im Kastell, in seiner Welt, nicht. Nur an das Glas.
»Gut, daß es endlich in Sicherheit ist«, sagte Julia, »jetzt können wir uns in Ruhe um Titus' Küchenzettel kümmern.«

Dreizehntes Kapitel

Das Gastmahl im Bauwagen

Am Samstagmorgen hatten sie keine Schule. Aber die Aufgabe mit dem Stichwort »Römische Küche«, die sie jetzt zu lösen hatten, war wie ein Schulvormittag mit den Fächern Erdkunde, Biologie und Latein zusammengenommen, fanden sie. Und dazu kam noch Detektivarbeit, denn die Hauptfrage lautete: Was finde ich wo?

Sie saßen in Julias Zimmer und schrieben erst einmal auf, was sie zu besorgen hatten: Weißbrot, Honig, Milch, Essig und Öl, Mehl, Pfeffer und Salz, Kümmel und ein Hähnchen, das war alles kein Problem.

»Aber wo kriegen wir jetzt im Winter ausgerechnet Kürbisse her?« fragte Julia und schüttelte sich, weil sie Kürbis ja nicht mochte.

»Meine Oma hat Kürbis eingemacht«, sagte Sabine. »Da kann ich mir glatt ein Glas nehmen, das will bei uns sowieso keiner!«

»Das hier wird schon schwieriger«, sagte Julia und schwenkte ihren Zettel. »Jericho-Datteln, Asant, Raute, Koriander, grüne Minze, Pinienkerne, Garum und Defrutum«, las sie vor.

»Mannomann, klingt wie für 'ne Hexenküche«, sagte Leo, »ob es das wirklich alles noch gibt?«

Grüne Minze, Pinienkerne und Datteln waren klar, und Koriander, daran konnte sich Sabine erinnern, hatte sie schon mal auf einem Tütchen gelesen, als sie Pfefferkuchen backten. Aber das übrige? Im Schülerlexikon stand

nichts. In Leos nützlichem Buch von den Heil- und Würzpflanzen, das sie schon über das Laserpicium aufgeklärt hatte, fanden sie es schließlich:
Raute – Würzpflanze mit grünblauen, aromatischen Blättern. Asant – unangenehm riechendes, bitteres Gewürz, hauptsächlich im Orient verwendet.
»Ojeoje«, sagte Julia, »das lassen wir einfach weg!«
Garum und Defrutum fanden sie im lateinischen Wörterbuch, übersetzt mit »Fischextrakt« und »eingekochter Most«, und da war guter Rat teuer.
»Die armen Römer«, sagte Sabine seufzend. »Was die gegessen haben!«
»Das kriegen wir nirgends«, sagte Leo, »dieses Garum-Zeug hat er doch immer selbst gekocht. Hat er das nicht erzählt?«
Doch Julia erinnerte sich, daß ihre Mutter manchmal etwas nahm, das der Angabe im Rezept ähnlich war, und schlug deshalb vor, für das Garum eine Tube Sardellenpaste mitzunehmen und statt eingekochtem Most eben Obstessig.

Ihre Einkäufe in dem kleinen Feinkostgeschäft hatten die Kinder schnell erledigt. Sie bekamen ohne Schwierigkeiten Koriander und Pinienkerne, getrocknete Minze und Sardellenpaste. Raute hatte der Verkäufer nicht, und auf die Frage nach Jericho-Datteln sagte er: »Ich kenne nur die Posaunen von Jericho. Vielleicht tun's aber auch Datteln aus Damaskus für die Herrschaften!« Das Hähnchen kauften sie aus der Tiefkühltruhe im Supermarkt und verstauten es zu Hause bei Julia in der Kühltruhe, damit es sich bis Dienstag hielt.

Am Dienstag nach der Schule fuhren die Kinder, bepackt mit zwei vollen Einkaufstaschen, in Richtung Kastell. Diesmal aber ließen sie es gleich links liegen.
Sie machten einen Bogen um das Gasthaus und näherten sich der Baustelle durch die Büsche. Der Kleinbus stand noch an der Zufahrt, die Arbeiter mußten also noch im Gelände sein. Die vier wagten sich nicht an die beiden Bauwagen heran.
»So ein Mist«, flüsterte Sven, »wenn die noch länger arbeiten, ist es bald zu dunkel.« Dann pfiff er durch die Zähne: »Guckt euch das an, die haben ja alles eingezäunt!«
Dicht um die Baugrube lief ein mannshoher Maschendrahtzaun. Man sah, daß er schnell und nicht gerade sorgfältig gezogen worden war, aber die Baugrube schirmte er ab. »Hätten die sich sparen können«, sagte Leo spöttisch. »Uns macht das nichts.«
Aber dann wurden sie ungeduldig. Konnten sie endlich an die Wagen heran, oder mußten sie damit rechnen, daß von den Arbeitern noch einer zurückkam? Zu sehen war keine Menschenseele. In diesem Augenblick wurde die Tür des einen Wagens ganz langsam, wie von Geisterhand, geöffnet. Die Kinder duckten sich ins Gebüsch. Im Dunkel des Türspalts blitzte es weiß, golden und grün. Nicht gerade die typischen Farben für Arbeiter. Titus!
Sie wollten auf ihn zustürzen, aber Titus legte einen Finger auf den Mund und deutete zum Abhang hinunter. Dort stiegen gerade die Arbeiter in den Bus, der gleich darauf davonfuhr.
Jetzt waren die vier nicht mehr zu halten. Sie stürmten auf ihn zu und freuten sich so, als hätten sie ihn endlos lange

nicht gesehen. Aber Titus tat, als sei er gerade mal eine halbe Stunde weggewesen. Eilig ging er um den Wagen herum und verschwand hinter einem kleinen Gebüsch. Dort wühlte er geheimnisvoll herum.
»Oje, bloß nicht *noch* ein Glas!« stöhnte Julia. Aber Titus kam nur mit einem zerbeulten Kochtopf zurück. »Regenwasser!« sagte er stolz. »Daran hättet ihr wohl nicht gedacht!« Und dann interessierte ihn nur noch der Inhalt ihrer Taschen. Sie breiteten alles auf dem Boden des Bauwagens aus.
»Garum und Defrutum haben wir nicht. Das gibt es heute nicht mehr, aber so was Ähnliches«, erklärte Sabine, »und Asant und Raute auch nicht, aber sonst alles, alles, was du wolltest!«
Titus sagte gar nichts. Er war nur noch mit den Zutaten beschäftigt, betastete sie, roch daran und hob schließlich den Kopf: »Sehr gut«, sagte er und mit einem anerkennenden Blick auf das bratfertig zubereitete Hähnchen: »Ordentlich!«
Sabine und Julia überlegten einen Augenblick, ob sie ihm sagen sollten, daß sie es schon so gekauft hatten, ließen es aber.
»Übrigens, dein Glas haben wir ...«, begann Sven, aber Titus winkte ab: »Ich weiß«, sagte er zufrieden und fügte nur mit einem verschmitzten Lachen hinzu: »Hoffentlich schreiben sie nicht wieder darunter: VERWENDUNG UNBEKANNT!«
Dann machte er sich an die Arbeit. Er zündete mit Streichhölzern den Propangaskocher an und sah die um ihn herumstehenden Kinder triumphierend an. Er hatte den Arbeitern genau abgeguckt, wie man das macht. Er

goß Öl in die Pfanne, rieb das zerteilte Hähnchen mit Salz und Pfeffer ein und briet es, und bald erfüllte herrlicher Duft die Baubude. Dann folgte das »Römische«. Titus vermischte Pfeffer, Kümmel und Koriander und tat die Gewürze mit den Datteln und den Pinienkernen in einen kleinen Topf. Dazu goß er etwas von dem Regenwasser, Essig und Öl, nahm ein bißchen Honig und drückte sehr vorsichtig drei Zentimeter von der Sardellenpaste aus, die er vorher probiert hatte. Er ließ alles aufkochen, verrührte es mit Mehl und goß die Soße mit Schwung über das Hähnchen.

»Der erste Gang«, verkündete er, »Hähnchen auf numidische Art!«

Die Kinder staunten, wie flink und geschickt Titus gearbeitet hatte, im Nu war alles fertig gewesen.

Leo lachte: »Was man gelernt hat, verliert sich nie, würde meine Großmutter sagen!«

Inzwischen hatte Sabine die mitgebrachten Plastikteller und -bestecke ausgepackt.

»Habt ihr eigentlich so was auch schon gehabt?« fragte Sven und hielt eine Gabel hoch.

»O ja«, antwortete Titus. »Aber meistens haben wir mit den Händen gegessen.«

Titus nahm die Pfanne, stellte sie auf den Boden und machte eine einladende Geste. »Bitte sehr«, sagte er, und die Kinder hockten sich nieder. Nachdem er sein Gericht verteilt hatte, streckte er sich, auf einen Ellbogen gestützt, aus.

Julia betrachtete ihn amüsiert: »Du siehst aus wie auf dem Bild ›Römisches Gastmahl‹ in unserem Lateinbuch, nur in Farbe.«

Das Hähnchen schmeckte, wie alle Hähnchen schmekken. So was wie diese Soße aber hatten sie noch nie in ihrem Leben gegessen.
»Schmeckt wie Italienurlaub und Weihnachten zusammen«, stellte Julia fest, »phantastisch.«
»Habt ihr eigentlich immer im Liegen gegessen?« fragte Sabine Titus. Sie wunderte sich, daß ihm nicht der Ellbogen weh tat.
»Einerseits ja, andrerseits nein«, antwortete Titus, und die vier lachten. Das hatten sie schon lange nicht mehr gehört. Titus fuhr fort: »Wir hatten auch Stühle und Tische, aber bei einem richtigen Gastmahl ist es so doch am schönsten.« Er musterte jetzt den groben Bretterboden, er schien sich an etwas zu erinnern. »In unserem Rasthaus hatten wir Ruhebetten und ein wunderschönes Mosaik am Boden«, sagte er dann leise.
Julia, die gern malte und zeichnete, wollte mehr wissen. »Was war da drauf?« fragte sie.
»In der Mitte war ein großer Korb mit vielen Früchten und Trauben des Weins. Und in jeder der vier Ecken ...« er machte eine kleine Pause und lächelte, »ein Kaninchen mit einem Blatt der Minze und einer Dattel.«
»Warum ein Kaninchen?« fragte Leo. »Hatte das was zu bedeuten?«
»Warum?« Titus guckte ihn verständnislos an. »Dem Künstler gefiel es so, und wir hatten so viele wilde Kaninchen. Sie fraßen manchmal fast den Gewürzgarten leer!«
Auf einmal wurde Titus unruhig, schien angespannt auf etwas zu lauschen. Er sprang auf und lief an das kleine Fenster. Jetzt hörten auch die Kinder Stimmen und Hundegebell.

»O nein«, jammerte Sabine, »jetzt darf niemand kommen.«
Diesmal verschwand Titus nicht. Er winkte sie an das andere Fenster heran. Da sahen sie zwischen den Bäumen Leute näherkommen, zwei Männer und drei Frauen mit einem Hund, und sie liefen geradewegs auf die Bauwagen zu, vertieft in angeregte Unterhaltung. Sie waren keine zehn Meter mehr entfernt, als sie plötzlich stehenblieben, sich umdrehten und wie von unsichtbaren Fäden gezogen zurückgingen. Nur der Hund machte nicht mit. Schwanzwedelnd lief er auf den Wagen zu. Offensichtlich zog ihn der Geruch des Brathähnchens an.
»Es wirkt nicht auf den Hund«, flüsterte Titus verblüfft.
Auf einmal blieb der Hund doch stehen, schaute zögernd zwischen seinen Leuten und dem Bauwagen hin und her und zuckelte schließlich den Davongehenden nach.
Ehe eins von den Kindern die Rede auf das Laserpicium bringen konnte, sagte Titus auch schon: »Jetzt kommt der zweite Gang.« Er schien den Vorfall vergessen zu haben und machte wieder sein unbeteiligtes Gesicht, während er die Kürbisstücke in einen Topf füllte.
»Kürbis auf alexandrinische Art«, rief Titus. »Aber ich muß erst noch die Soße machen.« Er verrührte Salz und Pfeffer, Kümmel, Koriander und Minze, Datteln und Pinienkerne mit einem Schuß Wasser über der Flamme zu einem dicken Brei, dazu gab er etwas Öl und Obstessig, Honig und ein bißchen Sardellenpaste, die das »Garum« ersetzen mußte. Diese Soße goß er über die angewärmten Kürbisstücke.
»Fertig«, sagte er, und alle ließen sich wieder nieder.

»Alexandrinisch hast du gesagt?« fragte Sven, probierte und verstand jetzt, daß Julia Kürbis nicht mochte. Er beobachtete, wie Julia nur die Soße kostete und die Kürbisstücke liegenließ.
»Ja, genauso, wie es die Legionen von Alexandria mitgebracht haben«, erklärte Titus eifrig.
»Hm, ja, ach so«, sagte Sven, und er dachte, es schmeckt wirklich nach Alexandria und Legionen und ganz weit weg.
Der dritte Gang kam ihnen nicht so fremdartig vor, denn Titus verwendete dafür nur solche Zutaten, die sie kannten. Er brach das Weizenbrot in Stücke, weichte es in Milch ein und briet die Scheiben in Öl. Mit Honig übergossen servierte er sie ihnen. Das schmeckte ihnen nun wirklich, und Titus strahlte, als er das merkte. Da erinnerte sich Julia wieder an ein Bild in ihrem Lateinbuch. Sie sprang auf, lief aus dem Wagen und kam mit einem Fichtenzweig zurück. »Lorbeer haben wir nicht!« rief sie. »Aber du bist der beste Koch, und dafür mußt du gefeiert werden!« Und sie hielt Titus den Zweig über den Kopf. Die drei anderen klatschten Beifall, und Titus sah glücklich aus. Er guckte Sven von der Seite an. »Ist Koch nicht doch besser als Legionär?«
Sven grinste verlegen.
»Wenn man so ein guter Koch ist wie du, dann sowieso«, sagte Leo. »Titus Gaius Lentulus, der berühmte Koch aus dem Limes-Kastell. Schon der Name allein klingt bedeutend!«
»Na, bedeutend nicht gerade«, sagte Titus lachend. »Aber bei Lentulus denkt auf alle Fälle jeder gleich ans Essen.«

»Wieso?« fragten die beiden Lateinschüler, die wieder mal auf eine Lücke in ihren Kenntnissen aufmerksam gemacht wurden.
»Na, Lentulus ist doch die kleine Linse«, erklärte Titus, »und die gehört in den dicken Brei, den die Legionäre immer gegessen haben.«
»Weil wir gerade von Namen reden«, fing Julia an. Sie hatte schon lange auf so eine Gelegenheit gewartet. »Kennst du eigentlich jemanden, der Julia hieß?«
»Wieso?« Titus war leicht verwundert. »Die Mädchen aus dem vornehmen Geschlecht der Julier, aus der Familie des Kaisers Augustus, hießen so. Das weiß doch jedes Kind.«
»Sabine kam dir doch aber auch bekannt vor?« fragte Sabine.
Titus wunderte sich wieder. »Na, da denkt man doch an den Raub der Sabinerinnen!«
»Wir leider nicht«, entgegnete Sabine kleinlaut. »Aber erzähl doch mal, was da war.«
Titus hatte wohl begriffen, daß er hier ganz von vorn anfangen mußte. »In alter Zeit«, begann er, und Leo dachte, wenn der schon in alter Zeit sagt, muß das aber sehr sehr weit zurück sein. ». . . als Romulus König von Rom geworden war«, erzählte Titus, »kamen viele Männer in die Stadt, um dort zu leben. Aber es fehlte an Frauen. Die umliegenden Völker lehnten es ab, ihre Töchter mit den Römern zu verheiraten. Da griff Romulus zu List und Gewalt. Er ließ ein Fest veranstalten mit Gastmählern und Pferderennen, und die Leute aus dem Sabinerland, das ist eine Gegend nördlich von Rom, kamen mit Frauen und Kindern in die Stadt. Während alle bei den Rennen

zuschauten, überfielen die Römer die Sabiner und raubten ihnen die jungen Mädchen.«
»Und das ließen die sich gefallen?« Sven war empört. »Sie hätten doch später wiederkommen und sie zurückholen können!«
»Das taten sie ja auch«, antwortete Titus, »aber ...« er machte eine kleine Kunstpause, um die Spannung seiner Zuhörer zu erhöhen »... als die Sabiner ein Heer gerüstet hatten und die Römer angriffen, warfen die Sabinerinnen sich zwischen die Kämpfenden und flehten sie an, sich zu versöhnen. Sie wollten nicht mehr zu ihren Familien zurück, sie waren römische Frauen geworden!«
Titus sah stolz aus, und die Kinder merkten ihm an, daß es für ihn natürlich das Größte war, römisch geworden zu sein. »Und sie bekamen Kinder«, erzählte Titus weiter. »Und durch die Vereinigung der Römer mit den Sabinern wuchs die Stadt.« Der letzte Satz klang ein bißchen wie auswendig gelernt. Hatte er wohl seinem Vater aufsagen müssen, was er von römischer Geschichte wußte? dachte Julia.
Am liebsten hätten sie sich noch stundenlang von Titus Geschichten erzählen lassen. Aber allmählich wurde es Zeit, aufzubrechen, denn es dämmerte bereits.
»Ich begleite euch ein Stück«, sagte Titus. Das hatte er noch nie getan, aber an diesem besonderen Abend wunderten sie sich eigentlich gar nicht darüber. Titus war zwischen den Bäumen stehengeblieben. Er winkte ihnen nach, als sie langsam auf die Straße zugingen. Den Arm ausgestreckt, glich er von weitem dem Standbild seines Kaisers, oben vor dem Kastell. Sie drehten sich so lange nach ihm um, bis sie ihn nicht mehr erkennen konnten.

Vierzehntes Kapitel

Und am Ende viel Rummel

Am Donnerstagmorgen kam Herr Agricola in die Klasse und schwenkte das Lokalblatt. »Wir haben berühmte Leute unter uns, ohne es zu wissen«, sagte er. »Uns erzählt man ja nichts.« Es war nicht genau festzustellen, ob er stolz war oder gekränkt, daß er die Neuigkeit aus der Zeitung erfahren mußte, und er las vor: »Beim Spielen in der Nähe des Kastells haben Kinder einen Jahrhundertfund gemacht. Es handelt sich um ein wohlerhaltenes, besonders kunstvoll verziertes römisches Glasgefäß, das die Kinder unbeschädigt im Kastellmuseum abgeliefert haben.«
Er legte die Zeitung beiseite und sah die Klasse bedeutungsvoll an. »Und diese Kinder heißen ...«, er machte eine Pause, »... Julia Feyerabend und Sven Altmann.«
Julia und Sven saßen da mit hochroten Köpfen. Alle brüllten durcheinander. Und dann kamen von allen Seiten wieder mal die Fragen, die sie nicht beantworten konnten. Sie waren froh, als Herr Agricola sie aufforderte, an die Tafel zu kommen und das Gefäß doch einmal zu zeichnen. Julia fiel das überhaupt nicht schwer, denn sie hatte die Schale genau vor Augen. Sie malte sie mit den schwungvollen Schlangenlinien und den beiden Henkeln, und Sven schrieb die Worte CARPE DIEM, die eigentlich ringsum in die Schale eingelassen waren, an die Tafel. Natürlich erklärte er auch den Sinn dieses Spruches. Herr Agricola war baff, er erkannte seine Schüler nicht wieder. Als die beiden zu ihren Plätzen zurückgingen, sah er sie

nachdenklich an. Sven und Julia hätten gerne gewußt, ob er in diesem Augenblick an die Münze oder sogar an den Römerjungen am Faschingsdienstag dachte. Aber er fragte nur, ob sie auch wüßten, daß der Spruch aus einem Gedicht des Horaz, eines bedeutenden lateinischen Dichters, stammte. Das wußten sie natürlich nicht, und Sven dachte, das hätte Titus ihnen ja auch noch erzählen können. Wahrscheinlich ist das aber nicht bis in seine Küche da oben im Wald gedrungen, überlegte er schließlich.

Für Ginos Mutter begann der Ruhm ihres Sohnes mit einem Schrecken. Ein Stammgast in dem Restaurant, in dem sie servierte, hielt ihr den *Stadtkurier* vor die Nase und fragte: »Ist das nicht Gino?« Sie beugte sich vor, und es war wirklich Gino, der ihr mit einem etwas verdatterten Gesichtsausdruck entgegenblickte. »Ja klar«, sagte sie aufgeregt. »Hat er was gemacht?«
Der Gast deutete mit dem Finger auf den Text, und sie las staunend die dicke Überschrift:

KLEINER RÖMER
FINDET KOSTBARES RÖMISCHES GEFÄSS

Ein Reporter berichtete über den Zufall, daß ausgerechnet ein italienisches Gastarbeiterkind im deutschen Wald ein Kunstwerk seiner Vorfahren gefunden hatte. Wie, das blieb im dunkeln. Und von den anderen Kindern hieß es nur: »Zusammen mit einigen deutschen Spielgefährten.« Der Reporter hatte entschieden Sinn dafür, wie man die Leser fesselte. Deshalb war er auch gleich in Ginos Schule aufgetaucht, um ihn zu fotografieren. Er hatte ihn sich auf dem Schulhof zeigen lassen.

Auf dem Heimweg kaufte die junge Frau Romanello erst einmal zehn Exemplare dieser Zeitung, denn ihre Verwandtschaft war zahlreich. Dann legte sie die Seite mit dem verdattert blickenden Gino aufgeschlagen auf den Wohnzimmertisch und rief die Familie herein. Auch sie hatte Sinn für Wirkungen. Gino war hingerisssen. Rosaria staunte ihren Bruder an, die Oma schlug die Hände zusammen, und nur Herr Romanello bestand darauf, Näheres zu erfahren. Aber da zeigte sich, daß Gino ein gelehriger Schüler seiner Freunde war. Er sagte nur, daß er die Tasche getragen habe, alles andere müßten sie Sven fragen. Herr Romanello stieg kurzentschlossen samt Gino und Zeitung nach oben, in den achten Stock.

Sven öffnete die Tür. Er hatte die Zeitung noch gar nicht gesehen und lächelte etwas gequält, als ihm Ginos Foto entgegengehalten wurde und er sich selbst in die Rolle eines Statisten gedrängt sah. »Blödmänner«, murmelte er verächtlich. »Diese Zeitungsleute . . .« Dann mußte er lachen, als er Gino etwas unglücklich da herumstehen sah. Er konnte sich schon denken, daß Gino überhaupt nichts dafür konnte.

Inzwischen war Svens Vater ins Wohnzimmer gekommen und hatte einen kurzen Blick auf die Zeitung geworfen. »Wer hat denn nun das Ding gefunden? Du oder der Gino?« fragte er.

»Zuerst wir, aber dann hat es Gino getragen, ganz toll«, stotterte Sven.

Sein Vater wunderte sich zwar, warum sein Sohn den kleinen Gino brauchte, um sich eine kostbare Schale tragen zu lassen, fragte aber nicht weiter.

»Eigentlich«, sagte er zu Herrn Romanello gewandt,

»sollten wir darauf was trinken. Und wenn das wirklich so eine große Sache ist, müßte es doch eigentlich eine Belohnung geben?«

Darüber hatten sich Museumsleitung und Stadt auch schon Gedanken gemacht. Alle fünf Familien erfuhren von der Stadtverwaltung, daß den Kindern eine Belohnung zustand. Die würde nur nicht so hoch sein können, wie sie dem Wert der Schale entsprach, aber ein schönes Sümmchen werde für die Kinder schon dabei herausspringen, hatte einer am Telefon versprochen. »Hoffentlich reicht es wenigstens für neue Fahrräder mit Gangschaltung«, war Svens Kommentar dazu gewesen.

Endlich war wieder Dienstag. Die vier standen an der Haltestelle und überlegten, wo sie Titus wohl diesmal treffen würden. Ihnen war nämlich eingefallen, daß sie beim letzten Mal gar keinen Treffpunkt ausgemacht hatten.

»Den ganzen Rummel hab ich satt«, sagte Julia. »Titus allein ist mir lieber.«

»Sollen wir erst mal zu den Wagen gehen?« schlug Leo vor, und sie hasteten den Hang hinauf.

Der Platz um die Baugrube war unverändert, aber weder Arbeiter noch Kleinbus waren zu sehen. Der Teil des alten Hauses, an dem gebaut wurde, war mit einer Plastikplane verhängt.

»Sieht aus, als hätten die aufgehört zu arbeiten«, flüsterte Sabine.

»Brauchst nicht zu flüstern, wenn sowieso niemand hier ist«, sagte Sven kurz angebunden. Er war enttäuscht. Sie

guckten sich überall um. Kein Titus weit und breit, kein fröhliches AVE, kein grüner Umhang. Sie probierten die Türen der beiden Bauwagen. Sie waren verschlossen.
»Dann eben zum Kastell«, entschied Leo, und sie liefen zurück. Sie waren unruhig, aber keiner ließ sich etwas merken.
Am Eingang drängte sich gerade eine Gruppe Jugendlicher.
Dieser Pförtner kannte sie nicht, er nahm jedenfalls keine besondere Notiz von ihnen. Sie mußten also ihre Eintrittskarten lösen wie ganz gewöhnliche Schulkinder. Ihnen war das nur recht. So konnten sie unbeobachtet zwischen den Mannschaftsbaracken verschwinden. Vier Wochen war es jetzt her, daß sie sich mit Titus in der Hypocaustum-Baracke getroffen hatten. Das war, als sie probierten, ihm den Anorak umzulegen. Vorsichtig drückten sie die Türklinke herunter. Die Tür gab nicht nach. Sie war verschlossen. Sie drehten sich um und probierten es an der Tür der gegenüberliegenden Baracke. Die ließ sich öffnen. Mit einem Seufzer der Erleichterung schlüpften sie hinein. Der Raum, in dem sie Titus zum ersten Mal begegnet waren, hatte sich nicht verändert. Dasselbe Gerümpel, derselbe Gartentisch, dieselben Parkbänke. Aber von Titus weit und breit keine Spur. Sie hielten den Atem an und lauschten. Nichts. »Titus!« riefen sie leise und »Wo bist du?« und »Wir sind es doch!« und suchten überall wenigstens nach einem kleinen Zeichen. Nichts. Da begannen sie zu begreifen, daß Titus nicht mehr kommen würde.
Leo schluckte. Die anderen beherrschten sich, nur Sabine versuchte nicht erst, ihre Tränen zu verbergen.

»Ist er denn wirklich weg?« schluchzte sie. »Und warum denn bloß?«
Diese Frage kam im richtigen Moment, denn jetzt mußten sie nachdenken.
»Ob es doch mit dem Rummel um das Glas zusammenhängt?« fragte Sven.
»Ach was«, antwortete Leo. »Darauf hätte er sich was einbilden können. Aber es war ja klar, daß er nicht ewig jede Woche hier auftauchen würde.«
»Wieso?«
»Na, schon wegen der Sieben oder so ...«
»Aber war er denn überhaupt schon siebenmal da?« fragte Sabine.
Sie fingen aufgeregt an zu zählen: Das erste Mal, als Sven und Julia ihn hier entdeckten, das zweite Mal, als Leo und Sabine dazukamen, das dritte Mal drüben in der warmen Baracke, als die Sache mit dem Anorak war, das vierte Mal beim Fasching, das fünfte Mal, als er uns das Glas brachte, und das sechste Mal die Kocherei im Bauwagen. Sie zählten noch einmal nach, aber sie kamen nur auf sechs.
»Wenn es danach geht, dann muß er noch mal kommen«, sprudelte Sabine heraus.
Aber Sven sagte ruhig: »Nein, denn als er die Schilder vertauscht hat drüben im Museum, das war dann wohl das erste Mal. Gibt zusammen sieben. Da hat er ja den ganzen Unsinn gemacht, weil er allein war und uns noch nicht kannte.«
»Mist!« Sabine stampfte enttäuscht mit dem Fuß auf.
»Aua«, rief Julia im gleichen Augenblick und faßte sich ans Schienbein. »Du hast mir was rangeknallt«, und sie

bückte sich, um zu sehen, was ihr wie ein kleines Geschoß gegen das Bein geprallt war.
Am Boden lag ein Stückchen Holz. Julia hob es auf und hielt es ins Licht. Es war ein dunkles Hölzchen, fast schwarz und so lang und so dick wie ein kleiner Finger. Und knorrig und knorplig und mehrfach in sich gedreht wie eine Wurzel.
»Was ist denn das?« fragte Leo überrascht.
Es war, als hätten sie alle den gleichen Gedanken, denn Julia ließ das Hölzchen plötzlich fallen wie ein Stück glühende Kohle. Sie starrten alle gespannt auf das Hölzchen am Boden. Aber nichts geschah. Es schien nichts anderes zu sein als ein altes Stückchen Wurzel. Sabine behauptete zwar, es ginge ein betäubender Duft davon aus, aber Leo sagte trocken: »Du spinnst doch, es riecht nach gar nichts!«
»Nehmen wir es mit?« fragte Sven.
»Ich weiß nicht.« Julia zögerte. Sie wischte immer noch an ihrer Hand herum, als könnte das Hölzchen da irgendwas hinterlassen haben.
»Vielleicht ist es eine Art Pfand«, sagte Sven. »Wenn wir nichts damit machen, kann auch nichts passieren.«
Ohne daß sie sich absprechen mußten, war es allen klar, daß sie von nun an ein bestimmtes Wort, das eine ausgestorbene ägyptische Pflanze bezeichnete, nicht mehr erwähnten.
Sie wickelten die Wurzel in ein Taschentuch und beschlossen gemeinsam, daß Sven sie mit nach Hause nehmen und bei sich aufheben sollte.

Heute waren sie eher als an den anderen Dienstagnach-

mittagen wieder zu Hause. Weil sie sich noch nicht trennen mochten, hockten sie noch zusammen in Julias Zimmer. Sie wollten es sich nicht eingestehen, aber sie waren doch bedrückt. Obwohl Leo ein paar Schulwitze erzählte, konnte keiner richtig darüber lachen.
»Vielleicht kommt er doch irgendwann wieder?« sagte da Sabine direkt.
»Vielleicht in sieben Monaten!« Leo ging gleich darauf ein.
»Oder in sieben Jahren«, überlegte Sven.
»Oder wenn wir alle sieben Kinder haben«, sagte Julia.
»Jeder oder alle zusammen?« fragte Leo grinsend.
Draußen wurde es dunkel. Sie hatten noch kein Licht angeknipst.
»Wir könnten uns ja ein römisches Essen kochen«, schlug Julia vor. »Damit man nicht denkt, es ist alles gar nicht wahr gewesen.«
Da klingelte unten das Telefon, und Julias Mutter rief: »Julia, für dich, für euch alle!«
Am Apparat war der junge Assistent vom Kastell, der sie mit dem Auto nach Hause gebracht hatte.
»Ich wollte es euch zuerst erzählen«, sagte er zu Julia, die den Hörer genommen hatte. Seine Stimme klang vergnügt. »Ihr hattet uns ja überhaupt auf die Idee gebracht, noch mal zu graben. Und heute morgen wurde auch etwas gefunden, kein Vergleich mit euerm Stück. Aber doch sehr hübsch. Die Ecke von einem Fußbodenmosaik. Hört ihr noch?« fragte er, weil vom anderen Ende kein Laut kam.
»Ja, natürlich«, antwortete Julia. Sie hielt den Hörer jetzt in die Luft, damit alle mithören konnten.

»Ja, also, ein Stück Mosaik«, redete die Stimme weiter, »und was meint ihr, was da drauf ist? Ein kleines Kaninchen mit einem Blatt, und dann noch so etwas wie eine Knolle, eine Art Zwiebel. Wir wissen noch nicht genau, was es eigentlich ist.«
»Eine Dattel«, sagte Sven sachlich in die Muschel. Und weil darauf am anderen Ende Schweigen war, fügte er noch hinzu: »Vielleicht.«
Dann kam die Stimme wieder. »Das, das . . . könnte sein, tatsächlich« und: »Ihr müßt auf alle Fälle bald heraufkommen und es euch ansehen.«
Das versprach Julia und legte den Hörer auf. Glücklich sahen sie sich an. »Er hat recht gehabt, es gibt das Mosaik«, sagte Sven. Und Julia rief: »Es ist wie ein Gruß, findet ihr nicht?«

Für den, der mehr wissen möchte

Seite 8 **Limes** Das Wort steht im Lateinischen ursprünglich für einen Weg oder Feldrain, der zwei Grundstücke trennt, wurde aber zur Bezeichnung für die militärisch gesicherte Grenze des Römerreiches. Der Limes konnte nur an bestimmten Kontrollpunkten überschritten werden. Einige Meter hinter ihm standen in unregelmäßigen Abständen (etwa 300 m bis 1000 m) viereckige Wachtürme. Deren Besatzungen von vier bis fünf Mann verständigten sich durch Feuer-, Rauch- oder Hornsignale. Außer dem germanischen Limes gab es ähnliche Grenzbefestigungen im Donaugebiet, im Orient und in Afrika. Erhalten sind Teile des sogenannten Hadrianswalls in England zwischen Solway-Firth und Tyne-Mündung.

Seite 8 **Kastell** Den Limes entlang gab es alle 5 bis 17 km befestigte Wehrbauten von unterschiedlicher Größe, sogenannte Kastelle. Sie waren zumeist von Hilfstruppen besetzt. Im Grundriß zeigten sie ein Rechteck mit abgerundeten Ecken. Sie waren von Gräben und einer zinnenbewehrten Mauer umgeben. Jede Seite enthielt etwa in der Mitte ein von kleinen Türmen flankiertes Tor. Inmitten des Kastells lagen die Verwaltungsgebäude, die Waffenkammern und das Fahnenheiligtum. Eine gerade Straße führte vom Haupttor auf diese Gebäude zu (via praetoria). Sie wurde von einer Straße in Querrichtung (via principalis) gekreuzt. Der übrige Raum wurde von der Wohnung des Kommandanten, den Mannschaftsbaracken, Ställen, Werkstätten und dem Getreidespeicher ausgefüllt. Vor dem Kastell gab es oft eine Badeanlage und ein Dorf mit Händlern, Gastwirten und Handwerkern. Ein wiederaufgebautes Kastell ist die Saalburg bei Bad Homburg im Taunus.

Seite 19 **Mogontiacum** Lateinischer Name der Stadt Mainz. M. war einer der wichtigsten römischen Stützpunkte am Rhein.

Seite 20 **Illyrien** Illyricum nannten die Römer die Provinz zwischen Save und Adriaküste auf der Balkanhalbinsel.

Seite 35 **Kohorte** Das römische Heer bestand aus Legionen, Hilfstruppen und Flotten. Eine Legion war in 10 Kohorten zu jeweils etwa 500 bis 600 Mann unterteilt. Auch die Hilfstruppen bestanden aus Kohorten von 500 bis 1000 Mann.

Seite 36 **Toga** Sozusagen die »Nationaltracht« des römischen Bürgers. Sie bestand aus einem einzigen langen Stück Stoff, das in Falten um den

Körper geschlungen wurde. Sie wurde vorwiegend als Festkleidung angelegt.

Seite 37 **Tunika** Das gebräuchlichste Kleidungsstück der Römer. Es bestand aus zwei rechteckigen Stücken Stoff, die an den Schultern und an den Seiten zusammengenäht wurden. Für Kopf und Arme blieben Öffnungen frei. Mit einem Gürtel raffte man das wadenlange Gewand zu der Länge, die einem angenehm war.

Seite 37 **Sagum** Ein kurzer Soldatenmantel aus einem rechteckigen Stück Stoff. Er wurde mit zwei Zipfeln auf einer Schulter oder auf der Brust zusammengehalten.

Seite 37 **Praefectus** Befehlshaber der Kohorte.

Seite 47 **Colosseum** Riesiges Amphitheater in Rom, 48 m hoch. Es hatte im Altertum etwa 50000 Sitzplätze. Dort fanden Wettkämpfe und grausame Kampfspiele mit wilden Tieren statt.

Seite 51 **Hypocaustum** Die Zentralheizung der Römer. Der Fußboden ruhte auf Säulchen aus Ziegelsteinen, zwischen denen warme Luft aus einem zentralen Ofen hinstreichen konnte.

Seite 52 **Garum** oder **Liquamen** Ein Gewürz der römischen Küche des Altertums, das in langwieriger Prozedur aus gesalzenen und getrockneten oder bis zum Eindicken gekochten Fischen bereitet wurde. Die Römer verwendeten es häufig.

Seite 52 **Legionär** Römischer Soldat. Seit etwa 100 v.Chr. vorwiegend ein freiwilliger, bezahlter Berufssoldat, der 25 Jahre diente. In die Legionen wurden nur römische Bürger aufgenommen, in die Hilfstruppen Bewohner der Provinzen. Die letzteren erhielten das römische Bürgerrecht als besondere Auszeichnung oder nach ehrenvollem Ausscheiden aus dem Dienst nach 25 Jahren.

Seite 53 **Danuvius** Lateinischer Name für die Donau.

Seite 54 **Nidda/Nida** An der Nidda, einem Nebenfluß des Mains, befand sich auf dem Gebiet des heutigen Frankfurt-Heddernheim ein blühendes römisches Handelsstädtchen.

Seite 59 **Centurio** Leiter einer Centuria, einer Infanterieabteilung der Kohorte, die aus etwa 60 Mann bestand. Der Anführer einer berittenen Abteilung (Turma), die aus etwa 30 Mann bestand, hieß Decurio.

Seite 59 **Thermen** Römische Badeanlage. Schon kleine römische Städte und auch die größeren Kastelle hatten eine durch ein Hypocaustum geheizte Badeanlage mit Schwitzraum, Warm-

und Kaltwasserwannen und -becken. Man kann das tägliche Bad der Römer geradezu als ihre liebste Freizeitbeschäftigung bezeichnen.

Seite 66 **Trojanisches Pferd** Griechische Sage. Als die Griechen lange vergeblich die Stadt Troja belagert hatten, griffen sie zu einer List. Sie bauten ein riesiges hölzernes Pferd und versteckten in seinem Bauch fünfzig Krieger. Dann zogen sie scheinbar ab und ließen das Pferd vor den Toren der Stadt stehen. Die neugierigen Trojaner holten es in die Stadt. Nachts stiegen die Griechen aus dem Bauch des Pferdes und öffneten die Tore, und Troja wurde erobert und zerstört.

Seite 72 **Triumphzug** Wenn ein römischer Feldherr ein feindliches Heer geschlagen hatte, konnte ihm ein Triumphzug durch Rom gewährt werden. Er zog dann lorbeerumkränzt auf einem Siegeswagen durch die Stadt, gefolgt von Vertretern der Regierung, Soldaten und Offizieren, von Opfertieren, erbeuteten Waffen und Gefangenen des besiegten Landes.

Seite 74 **Atriumhaus** Das römische Einfamilienhaus war um einen Hauptraum mit erhöhtem Dach und einem offenen Oberlicht angelegt. Dieser Raum war das Atrium. In der Mitte des Bodens sammelte eine Vertiefung das Regenwasser auf. Ringsherum schlossen sich kleinere

Räume und ein Garten an. In der Stadt Rom selbst konnten so nur die wohlhabenden Bürger wohnen.

Seite 74 **Insula** Bezeichnung für ein großes Mietshaus im antiken Rom. Diese Häuser enthielten im Erdgeschoß oft Läden und konnten bis zu fünf Stockwerke hoch sein. Je größer Rom wurde, desto mehr Menschen wohnten in diesen Häusern, in deren oberen Stockwerken meist Heizung, Wasser und Toiletten fehlten.

Seite 75 **Colonia** Der vollständige Name war Colonia Claudia Ara Agrippinensis. Aus der gebräuchlichen Kurzform Colonia wurde Köln.

Seite 120 **Numidien** In römischer Zeit das Hinterland von Karthago in Nordafrika.

Seite 123 **Alexandria** Von Alexander dem Großen 331 v. Chr. in Ägypten gegründete Stadt.

Seite 124 **Romulus** Der Sage nach der Gründer Roms. Er war gemeinsam mit seinem Zwillingsbruder Remus in einem Kasten auf dem Tiber ausgesetzt worden. Der blieb aber an einem Feigenbaum hängen. Eine Wölfin säugte die Kinder, ein Hirt zog sie auf. Als Erwachsener erschlug Romulus seinen Bruder und regierte als König die aufblühende Stadt Rom.